进入宝库　品读经典　趣味无穷

幽默儿童文学经典书系

127 岁的小魔女

［苏联］维·比安基等 著　韦苇 译编

🐦 海燕出版社

·郑州·

图书在版编目（CIP）数据

127岁的小魔女/（苏）维·比安基等著；韦苇译编. — 郑州：海燕出版社，2021.5

（幽默儿童文学经典书系）

ISBN 978-7-5350-8530-6

Ⅰ.①1… Ⅱ.①维… ②韦… Ⅲ.①儿童文学－作品综合集－世界 Ⅳ.①I18

中国版本图书馆CIP数据核字（2021）第061637号

127岁的小魔女

127 SUI DE XIAO MONU

出 版 人：董中山	责任校对：王 达
选题策划：肖定丽	责任印制：邢宏洲
责任编辑：陈艳艳 肖定丽	装帧设计：雨 嘉
美术编辑：彭宏宇 郭佳睿	

出版发行：海燕出版社

　　　　　地址：郑州市郑东新区祥盛街 27 号　邮编：450016

　　　　　网址：www.haiyan.com

　　　　　发行部：0371-65734522　总编室：0371-63932972

经销：全国新华书店

印刷：河南瑞之光印刷股份有限公司

开本：640毫米×960毫米　1/16

印张：11.75

字数：235 千字

版次：2021 年 5 月第 1 版

印次：2021 年 5 月第 1 次印刷

定价：20.00 元

如发现印装质量问题，影响阅读，请与我社发行部联系调换。

播撒快乐，播撒意味，播撒感动

韦 苇

别的事我做不了，为孩子们挑选好故事、好作品、好读物，让他们在课外有经典文字可以阅读和欣赏，这事我还能做做。

我的业务就是做这个事。我在大学课堂上讲的就是这方面的话题，就是告诉我的学生们怎样用文学经典去感染孩子，陶冶孩子，震撼孩子，影响孩子，把好故事的感动和意味长久地留在孩子们的心中，仿佛把会开花结果的种子播撒在黑油油的沃壤中。选择作品，曾有前人提出过四项要则：染情、

添趣、益智、导思。我遵循的就是这四项要则。这四项要则说得形象一点，就是播撒快乐，播撒意味，播撒感动。

既然这套书已然同幽默产生了瓜葛，我就得来说说幽默。

幽默是一个外来的音译词，为内心喜好戏谑、嘲弄、讥诮之类的意思。中国人对这个外来词的领会和理解同外国人的领会和理解大体一致，虽然不能说完全一致。差别在于欧美两大洲人认为真正的幽默来自对生活中缺陷的概括和严肃的思考，而中国人则以为它主要是一种对喜剧性意趣的表达、别致的诙谐暗示和思想传递的意味深长，有时抑或是一种不会构成伤害的讽刺。幽默是一种文艺风格、文艺韵调。在儿童文学里，幽默则是运用得更广泛的高层次艺术构思方式和人物刻画方式，它在故事人物言行举止的细节里、词语句式里含蓄地表达出来，呈现出来。它和油滑、搞笑似乎只有一墙之隔。实际上，油滑和搞笑与幽默意趣的差别无异于云泥霄壤。幽默的底蕴是正气的凛然、胸襟的豁达和灵智的丰盈。它不啻是一种天赋素养。它常常属于那些通达、豁亮、阳光、海涵、机智、聪颖的人，属于分寸拿捏深有内在尺度的人。如果说把从人家牙慧中撷拾得来的脑筋急转弯之类编进和嵌入自己的小说里就算幽默，那就是作者带上读者一起误解幽默了。

这套书共六本，六本书的书名已经不同程度地透出一点儿幽默的趣味：《127岁的小魔女》《云端掉下一只鸡》《一眼人和两眼人》《三个奇妙的蛋》《老狐狸变鸭》《神秘的木箱》。其中有些篇章也透出很多幽默的意味，很有悬念——你看到那些篇章，就会产生想要翻读它们的欲望——一种类似想进入宝库的欲望，类似想进入迷人胜景的欲望，类似想进入世界文学博物馆的欲望。你很想猜测出它们都说些什么，但是你决然猜不出它们给你说些什么。你不会想到，当右鞋绊了左鞋的时候，医生的治疗方案是把右脚砍掉……外公能听懂蚯蚓说话，外孙女就青出于蓝而胜于蓝地能听懂鱼说话，而且听出了鱼的真话，而外公和外孙女都是一本正经地听……狗主向狗客吹牛说墙上挂着的鞭子是狗为人备下的，狗客于是随狗主上了人床。人床的这份舒坦加上温暖阳光的舒坦，使得狗主和狗客舒坦得睡着了，人在这时下班回家……狐狸梦里都想着鸡，而如果去安装了四条高高的带硬蹄的驼鹿的长腿，可还怎么轻巧地去偷鸡呢……叫"黑桃皇后"的竟是一只母鸡，它为监护它的鸭养子而让凶猛的猎犬都退避三舍，个中的母禽之爱发人深省……刽子手砍人脑袋还大有讲究，不砍戴帽子的脑袋，偏偏脑袋上的帽子是摘了又会自动长出来的，出奇的是脑袋和帽子偏偏是须臾不可分离的。往往是，作品蕴含幽默，人物和故事就特别有嚼头、有念想，幽默得精彩，读后想起它，独自一个人走路时，会不由得扑哧一声笑出来，傻傻的。

难以写好的是篇后的"黑猫说文"，真的很难。我只是力求写得不僵硬、不呆板，力求点出些作品的趣和味来。

2020 年仲夏时节于丽泽花园

目　录

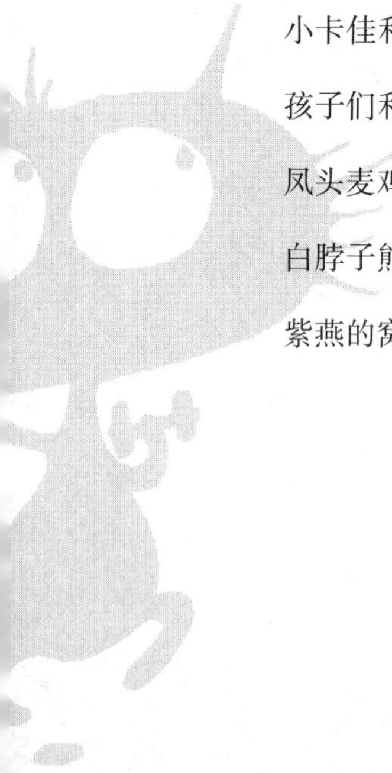

燃烧的心

[苏联] 高尔基

　　古时候有个部族，他们生活的地方三面是森林，一面是草原。他们本来好端端地在草原上过着安生的日子，却不料，有一天，突然来了另外一个部族，侵入他们的地盘，把他们从草原赶进了密林深处。

　　密林深处，树木的枝丫绞缠在一起，抬头压根儿就看不到天空，往哪面看都是一片阴暗，而且布满了泥潭。阳光穿过稠密的枝叶照射到泥潭上，蒸腾起一股股恶臭，呛得人呼吸都很困难。于是，这个部族的人一个接一个倒了下去，一个接一个地死了。这个部族的妻儿老小纷纷哭了。父亲们心中充满了哀怨，他们默默地挪动着脚步，不知道什么时候走不动，一倒下去就死了。

　　他们一定得从这座密林里走出去。走出密林有两条路：一条是往后退，退到草原上去，但是，他们原来的家园已经被敌人占领了，敌人凶恶又强大，他们是打不过敌人的；那么往前走吧，前面树高林密，参天大树像巨人一般耸立着，粗壮的树枝像胳臂似的紧紧抱在一起，盘曲的树根深深扎进胶黏的沼泽地里。每到晚上，当人们燃起火堆，这些铁石一般的大树，就相互挤得更紧，密密匝匝地包围这些困苦的人。这些在草原上过惯日子的人啊，实在忍受不了黑暗的挤压！更叫他们害怕的是，风从树顶上吹过，整座密林发出低沉的声响，像是在威吓他们，给他们唱起哀伤的歌。

　　人们坐在那里，个个心里都愁闷着，想不出一点办法。恐惧、惶惑充塞着人们的心，女人们开始哭泣了。这种哭泣声使走不动步的人们更悲凉。有人开始想：还不如退回去，向敌人投降，在敌人的皮鞭下做奴隶吧。这样想的人越来越多了。真可怕，这会毁掉整个部族的啊！这会使一个部族从此灭亡的啊！

　　就在这个节骨眼上，唐珂站了出来，他要来搭救

这个处于危亡的部族……

唐珂是年轻人中模样儿最讨人喜欢的一个。外貌端庄的人往往也是勇敢的人。他对部族的伙伴们说：

"一个劲儿苦苦地愁闷苦苦地想，前面的拦路石是不会自己走开的。什么也不去做的人，就什么也做不成。咱们干吗把气力白白浪费在苦想和悲伤中呢？起来吧！让咱们走出这密林！密林再深，它总有尽头！世上的灾难都是有尽头的！咱们走吧！走！嘿……"

大伙儿都看着唐珂，看着年轻人明亮的眼睛里闪耀出无穷的力量和跳动的火焰。他确实是他们这个部族中最优秀和最可信赖的一个。

"你就领我们走吧！"他们说。

于是他走在头里……

唐珂领着他们，大家齐心地跟在他身后，他们信任他。

但是路太难走了！黑咕隆咚的，每走一步都可能陷入泥泞中，被沼泽所吞没。而沼泽大得很，多少人被吞没进去却没有一点痕迹；大树像推不倒的墙挡住

了他们前进的道路。这个部族的人不断地在流汗、流血。他们走呀走呀，走了很久，但是感觉不到一点希望。森林越来越密了，人们的气力越来越小了！有人开始发牢骚了，有人开始埋怨唐珂了。他们说唐珂没有本事，说他嘴上无毛，办事不牢，跟着他准得完蛋，得全死在这黑暗的森林里了。

但是唐珂还走在前头，领着全部族还活着的人向前走。

可万万想不到，在他们已经太困难的时候，森林上空雷声大震，大树摇晃着、吼叫着，咔咔作响，闪电更是狂飞乱舞，用阴冷的光把森林照得透亮，这雷声、这闪电真够吓人的！

大家又开始怨唐珂，骂唐珂，还有的说他该死。

"你，没有本事的东西，这下把我们给害苦了。"

"你该死！你该死！"

人们变得像一群野兽那样可怕。

他们围住他，像一群虎狼似的要扑向他。他们要打死他。

唐珂看着这围住他的人群，他希望能搭救他们，把他们带上一条大路，带到光明的地方去。

他的眼睛里闪射出烈火一样的光芒……

沉闷的雷声中，哗哗地下起了瓢泼大雨……

忽然，他双手扒开自己的胸膛，一把掏出自己的心，把它高高举在自己的头上。

心在唐珂的头上像太阳一样燃烧着，比太阳还耀眼。这时，整座森林都不作声了。森林被这颗伟大的心照亮，黑暗被这个爱的火炬驱散了。

"咱们走吧！"唐珂大叫一声，快步走在队伍的前头。

他高高举着他那颗燃烧的心，照亮了人们前进的道路。

人们向前奔跑着，跑得坚定而有力。

高举在他头上的心一直热烈地燃烧着。

森林闪向两边。黑暗让开了一条大道。等到他们跑过以后，森林和黑暗才又合拢来。

唐珂和他所带领的人们沉浸在阳光的海洋里。空

气经过大雨的洗涤，变得无比清新。

他们来到了平坦的草原上。

晚霞把河面映得通红。

唐珂倒下了。他倒下的地方，长出了一片鲜花，比晚霞映红的河面还要美丽。

黑猫说文

马克西姆·高尔基是从社会底层走出来的大作家，他自传性质的小说多表现劳苦大众的生活和愿望，是世界经典文学的组成部分。这则童话是小说《伊则吉尔老婆子》里的一段。

这是一个我们应该熟悉、应该会讲述的故事。唐珂高擎熠熠燃烧的心的身影，震撼和感染了一代又一代的读者。唐珂燃烧的心，被认为是象征着能驱散黑暗的光明，引领人们奔向自由的火炬，争取解放的号角。唐珂的心中饱含着为大众献身的精神和激情，所以它能燃烧得比太阳还耀眼。"如果你的心本来就在燃烧，那么掏出来就可以当火把。"（摘自韦苇诗句。）

小读者们，从"他的眼睛里闪射出烈火一样的光芒……"朗诵到最后一句吧。

七 色 花

[苏联] 瓦·彼·卡塔耶夫

有一个小姑娘，名字叫作然妮娅。一天，她妈妈让她到店里去买面包圈。然妮娅买了七个。她给爸爸买了两个茴香味的，给妈妈买了两个嵌罂粟籽儿的，给自己买了两个糖味儿的，给弟弟帕甫利克买了一个玫瑰色的小面包。然妮娅提上用麻线串好的圈形面包，往家里走。

然妮娅走着，眼睛好奇地往街两边瞅着，一会儿停下来念念招牌上的字，一会儿停下来数数乌鸦。这时候，然妮娅怎么也想不到会有一条陌生的狗，脚跟脚地走在她身后，把她手上提着的面包圈一个个给吃掉了：先是吃掉爸爸的那两个放茴香的，接着吃掉妈妈那两个嵌罂粟籽儿的，然后又吃掉然妮娅那两个糖

味儿的。然妮娅忽然觉得手里提的面包圈轻了许多，她赶紧扭身回头去瞧，可已经晚了。麻线轻飘飘地晃着，狗刚把最后一个，就是帕甫利克的那个玫瑰色面包也吃掉了。它左一下右一下卷着舌头，美美地舔着嘴唇。

"啊呀，你这狗真坏！"然妮娅大声叫起来，撒腿去追狗。

然妮娅追呀，追呀，没追上狗，自己倒迷了路。她四下里一瞧，发觉自己已经来到一个完全陌生的地方。这里房子倒很多，可不见有一幢是大的，都是些小房子。

然妮娅心慌起来，不由得哇一声哭了。

忽然，不知从哪里走出来一位老大娘。

"小姑娘，小姑娘，你哭什么呀？"

然妮娅把这以前发生的一切一一告诉了老大娘。

老大娘很可怜小然妮娅，把她领进了自己的花园里，说："你不用害怕，别哭，我来帮助你。要面包，我倒是没有，我也没有钱让你再去买面包。不过，我

这小花园里有一朵花，叫'七色花'，你想要做的事，它都能做到。我知道，你就是走路时爱停下来，爱东张张西望望，你还是个很可爱的小姑娘。我把这朵七色花送给你，你要的一切，它都能给你。"

老大娘一边说着，一边从花坛上摘下一朵花来，这朵花有七片鲜丽的花瓣，各瓣颜色都不一样：黄色的，红色的，靛蓝色的，绿色的，橙色的，紫色的和天蓝色的。

"这朵小花儿，"老大娘说，"可不是普通的花儿哟。不论你想要什么，它都能给你做出来。当你想要什么的时候，你就摘下一小瓣来，抛向高处，同时说：

'飞吧，飞吧，小花瓣，

从西飞到东，

从北飞到南，

飞着兜上一个圈，

兜完圈儿落到地，

我要哪样就哪样。'

说完这几句，你就接着说你要什么什么，它马上

就会给你做出来的。"

然妮娅很有礼貌地向老大娘说了感谢的话，就走出了篱笆门。

这时，她才想起来，她还不认得回家的路哩。她想回到老大娘的小花园去，请老大娘把她送到附近的民警叔叔那里。但是，小花园连同老大娘都已经不见影儿了。

怎么办呢？然妮娅按照刚才的样子哭起来，连鼻子也像过去那样皱得像小手风琴似的。可忽然，她想起这会儿她已经有一朵神奇的小花儿了。

"嘿，我就来看看，这究竟是一朵什么样的七色花！"

然妮娅嚓一下摘下一片小花瓣，把它抛起来，说：

"飞吧，飞吧，小花瓣，

从西飞到东，

从北飞到南，

飞着兜上一个圈，

兜完圈儿落到地，

我要哪样就哪样。

我要捎上一串圈形面包，回到自己家里。"

然妮娅的话音还没落呢，一眨眼工夫，她就回到自己家里了，手里的麻线上提着七个圈形面包。

然妮娅是个很小的姑娘，她想要拿她最喜欢的妈妈的那个花瓶来玩。她只有爬上椅子，前倾起身子去够、去抓，才能拿到妈妈放在书架上的那个花瓶。可是，糟糕，偏偏在这时，窗外飞过几只乌鸦。然妮娅也像所有小姑娘一样，立刻就想弄清楚窗外飞过的乌鸦到底有几只——七只呢，还是八只？她张开嘴，扳着手指数起来，这时小花瓶掉落到了地上，砰的一声，摔成了一地碎片。

"你又把什么给打了，你这个毛手毛脚的

小丫头啊！"妈妈的埋怨声从厨房里传出来，"该不是把我那个心爱的小花瓶打碎了吧？"

"没有，没有，妈妈，我什么也没有打碎。是你心里那么觉得吧！"然妮娅一边大声说，一边快快摘下一片红色小花瓣，把它抛向高处，嘴里轻轻地说：

"飞吧，飞吧，小花瓣，

从西飞到东，

从北飞到南，

飞着兜上一个圈，

兜完圈儿落到地，

我要哪样就哪样。

我要妈妈最心爱的小花瓶变回原来的样子，一点不破一点不碎！"

没等然妮娅说完，地板上的碎片自个儿又都呼啦啦相互拼拢到了一起，合成了一个完好无损的花瓶。

妈妈从厨房里跑出来，一瞧，她心爱的小花瓶不破也不碎，好端端摆在原来的地方。妈妈为了她的花瓶还会完完好好，还是伸出一个指头捺了一下然妮娅

的头，打发她到院子里玩去了。

然妮娅来到院子里，看见男孩子们都在做游戏。他们坐在一块旧木板上，把一根棍子插进沙里。

"哎，让我也来跟你们一块儿玩吧！"

"想得倒好！你没看见我们这里是北极吗？我们不带女孩子到北极的。"

"这不就是一块木板嘛，这算哪门子北极呀！"

"这不是木板，是大冰块。走开，别碍我们的事。我们现在正喘不过气来呢。"

"那么，你们是不让我参加？"

"不让。你走开吧！"

"用不着你们让我参加。没有你们，我照样到北极去。不过，我要去的北极不像你们这样是一块破木板，是实实在在的北极。你们那个算什么北极，骗人的！"

然妮娅走到一边，在门口，她拿出神奇的七色花来，摘下一片靛蓝色的花瓣，抛向高处，说：

"飞吧，飞吧，小花瓣，

从西飞到东，

从北飞到南，

飞着兜上一个圈，

兜完圈儿落到地，

我要哪样就哪样。

我要马上到北极去。"

没等然妮娅说完，猛然，不知从哪里呼一下刮来一阵旋风，太阳不见了，变成了可怕的黑夜，她脚下的大地陀螺般旋转起来。

然妮娅这时还穿着夏天的连衣裙呢，光着一双脚丫子。这下她独自一个人在北极了，那里冷到冰点以下 100 摄氏度哩！

"哎哟妈呀，我要冻死了！"然妮娅不禁大叫起来。

她哇的一声哭开了，可眼泪一淌出来就都结成了冰凌，一根根挂在她脸上，好像自来水龙头下面的冰柱子似的。

就在然妮娅吓得喊爹叫娘的时候，从冰天雪地连续钻出来七只白熊，径直向小姑娘扑将过来，一只只

全都凶巴巴的，一只比一只可怕：第一只是狂暴的，第二只是狰狞的，第三只像戴着顶帽子，第四只浑身脱光了毛，第五只全身的毛都卷着，第六只满身散布着花斑，第七只块头大得出奇。

然妮娅顾不上害怕，连忙用冻得发僵的手拿出七色花来，摘下一片抛向高处，用她所能发出的最大声音说：

"飞吧，飞吧，小花瓣，

从西飞到东，

从北飞到南，

飞着兜上一个圈，

兜完圈儿落到地，

我要哪样就哪样。

我要马上回到我自家院子里去！"

眨眼间，她又在自家院子里了，男孩子们都朝她看着，笑话她：

"哎，你的北极在哪里？"

"我到北极去过了。"

"我们没看见。要不是骗人,你就拿出证据来让我们瞧瞧,让我们大家也好见识见识!"

"你们瞧,我这儿还挂着冰凌呢。"

"你那不是冰凌,是骗人的!怎么,你不承认吗?"

然妮娅生气了,决意不再跟男孩子们啰唆。她到另一个院子跟小姑娘们玩去了。她一到小姑娘们玩得正起劲的院子里,就看见小姑娘们个个都有好玩的东西:有的有玩具小轿车;有的有小皮球;有的有跳绳;有的有三轮自行车;有一个还有会叫会笑的大洋娃娃,头上戴着草帽,脚上还穿着亮晶晶的橡胶皮靴。然妮娅心里很不是滋味。她太羡慕那个抱着洋娃娃的小姑娘了!

"好吧,"她寻思道,"我这就叫你们看看,究竟谁的玩具多!"

她掏出七色花,摘下一片黄色的花瓣,抛向空中,说:

"飞吧,飞吧,小花瓣,

从西飞到东,

从北飞到南，

飞着兜上一个圈，

兜完圈儿落到地，

我要哪样就哪样。

我要世界上所有玩具都变成我的！"

然妮娅说话工夫，忽然玩具从四面八方潮水般向她涌来。

最先跑到的不用说是洋娃娃，它们眼睛眨得吧嗒吧嗒直响，不住声地扯起嗓门哇啦哇啦叫"爸爸——妈妈——爸爸——妈妈"。然妮娅高兴极了。但洋娃娃来得也太多了，一下堆满了整个院子、整条巷道以及两条街和半个广场，弄得人每走一步都不免踩到洋娃娃身上。四周除了洋娃娃哇啦哇啦的叫声，就什么声音都听不清了。你们倒是想象一下，还有什么声音能压倒五百万个会扯着嗓门叫爹喊妈的洋娃娃的吵闹声呢？这还没完呢。这只不过是莫斯科一个城市的洋娃娃呢。而圣彼得堡的，哈尔科夫的，基辅的，利沃夫的和苏联其他城市涌来的洋娃娃还跑在路上呢，它

们仿佛千千万万只鹦鹉，在各条道路上哇哇叫唤，边叫唤边往然妮娅身边赶。

然妮娅心里着实慌了。

可这才开始呢。洋娃娃后头，还有很多的小皮球、小弹子、旋转木马、三轮自行车、拖拉机、汽车、坦克、小装甲车、大炮。骨碌碌骨碌碌，一路滚滚而来。跳绳一条条，像扭动着身子的长蛇，直绊洋娃娃的脚，惹得急性子的洋娃娃们直起嗓门叫得更响。

而这只是地面涌来的，还有从空中飞来的呢。玩具飞机、玩具飞艇、玩具滑翔机，千千万万，万万千千，呜呜、呜呜，向然妮娅飞来。棉花做的小人儿撑开降落伞，从空中飘落，像郁金香花儿似的，有的挂到电线上，有的挂到树枝上。这么一来，整个城里什么车也不能开动了。执勤的交警都爬上了电灯柱，真不知怎么办才好。

"太多了，太多了！"然妮娅吓得直抱头，大叫道，"真是的！行啦，行啦！我根本玩不了这么多玩具。我只不过是说着玩儿的呀。我怕……"

可是，她的惊叫声一点用处也没有！玩具越堆越多，越堆越高。苏联的玩具来完了，美国的玩具开始到了。全城的玩具都堆得高上屋顶了。

然妮娅爬上梯子，玩具们跟着她上了梯子；然妮娅到阳台上，玩具们也跟着她上了阳台；然妮娅到阁楼上，玩具们也跟着她上了阁楼。

然妮娅跳上了屋顶，快快地摘下一片紫颜色的花瓣来，抛向空中，急切地说：

"飞吧，飞吧，小花瓣，

从西飞到东，

从北飞到南，

飞着兜上一个圈，

兜完圈儿落到地，

我要哪样就哪样。

我要让所有的玩具都回到各自的玩具店去！"

一下子，所有的玩具都不见了。刚才闹嚷嚷的情景好像根本就没有发生过。

然妮娅看了看老大娘给她的七色花，发现只剩下

一瓣了。

"就只剩这一小瓣了！那六瓣都没好好派上正经用处，什么乐趣也没有得到。不要紧，这第七瓣我就知道该怎么用了。"

她在街上走着，边走边想：我究竟要什么好呢？我给自己要四千克小熊牌的水果糖吧。不，最好要四千克水晶牌的水果糖。或者这两样都不要……最好这么办，要上半千克小熊，半千克水晶，一百克花生糖，一百克核桃糖。还有，不管怎样，我也得给帕甫利克要上一个玫瑰色面包。可这样好吗？买吃的，一吃就吃光了。不行，我得给自己要上一辆三轮自行车。不过这又干吗呢？我骑上一阵，骑一阵又怎么样呢？再说，弄不好会让那些淘气的男孩子给抢去呢，说不定还挨上一顿揍呢！不行！最好还是要上一张电影票，马戏票也行，两个地方反正都挺有趣就是了。要不，最好要一双新凉鞋吧？这也不比看一场马戏坏。不过，说实在的，一双新凉鞋就一定好吗？可以要一样更好的东西。现在，最重要的是，我千万别着忙，一定得

好好想仔细了。

然妮娅正这样盘算着呢，忽然看见一个模样儿很清秀的男孩。他在门口的一条板凳上静静坐着，眼睛大大的，蓝蓝的——是一双闪着快乐光彩却又很沉静的眼睛。小男孩看上去十分讨人喜欢，那样子一眼就看得出，他不是一个好斗架、会抢人东西的孩子，所以，然妮娅想要跟他认识认识，同他交朋友。小姑娘一点不害怕地走到他跟前，离他很近很近，近得在男孩眼睛瞳仁里都能非常清楚地看见自己搭在肩上的两条小辫子。

"小男孩，小男孩，你叫什么名字呀？"

"韦嘉。你呢？"

"然妮娅。咱们来捉迷藏好吗？"

"我不能。我的一条腿坏了，瘸了。"

这时，然妮娅才看清他一只脚上穿的鞋跟通常的鞋不一样，鞋底儿特别厚。

"太可惜了！"然妮娅说，"我很喜欢你，同你一道玩，我准会很快活的。"

"我也喜欢你，同你一道玩，也准会让我很快乐的，只可惜，我不能跟你一道跑着玩。一点儿办法也没有，我一辈子都不能玩了。"

"啊，小男孩，怎么说这丧气话呢！"然妮娅大声阻止他说，接着从口袋取出她那神奇的七色花。

"你瞧这花！"

小姑娘说着，小心地摘下一片天蓝色的花瓣，把它拿在眼睛上贴了贴，然后松开手指，接着用她那细甜细甜的嗓子唱起来，她的嗓音幸福得微微发颤：

"飞吧，飞吧，小花瓣，

从西飞到东，

从北飞到南，

飞着兜上一个圈，

兜完圈儿落到地，

我要哪样就哪样。

我要韦嘉的腿好好儿的！"

就在然妮娅说完话的瞬间，小男孩从板凳上跳了下来，同然妮娅玩起了捉迷藏的游戏，他跑得那样快，小姑娘怎么下劲追也没能追上他。

瓦·彼·卡塔耶夫是苏联 20 世纪上半期的卓越作家，有丰富的军队生活体验，小说《雾海孤帆》是他的成人文学代表作，小说《团的儿子》是他的传世名作，被拍成电影，曾获苏联国家大奖。《七色花》是世界童话名作并被奉为幻想文学典范，其标题被用作副刊名称。

七片花瓣七样颜色，最后天蓝色的一瓣是幸运和福祉的象征，所以，它能让不健全的小男孩眨眼间健全起来——他于是可以飞快地奔跑，他于是可以同然妮娅捉迷藏。前面六片花瓣的作用就是使最后一片花瓣的唯一性、重要性充分显露出来，而然妮娅没做成事的前六瓣正活生生地说明：然妮娅只是一个小姑娘——一个好奇、爱玩的普通小姑娘。一个普通小姑娘为陌生男孩献出了自己的珍爱之物，才让我们为然妮娅的决定和选择及当即毫不犹豫地付诸行动而深深感动。

说说看，七色花中，为什么第七瓣显得特别珍贵？

流浪汉弗朗特

［捷克］恰佩克

有一个流浪汉，他的名字叫弗朗特。弗朗特既然是流浪汉，那就是穷鬼、叫花子的意思了，被大家看作好吃懒做的，一有东西失落，就怀疑是他偷的。他也确实一无所有，没有东西充饥，他就在街头演奏肠子。什么叫"演奏肠子"？演奏肠子就是肚子饿得咕咕不停地响。他老饿肚子，所以说他有一副音乐肠子。

弗朗特虽然天天演奏肠子，但他从来没拿过、偷过人家的东西。没有，从来没有。他一根线也不拿人家的！正

因为他这样诚实，所以他最后受到了众人的尊敬。

有一回，这个流浪汉站在街头的一个十字路口，打算讨个小面包吃。就在这时候，他身边走过一位戴圆顶礼帽的先生，一看就知道是外国游客，样子很有派头，手里提着一只小手提箱。忽然一阵风刮过来，把这位先生的圆顶礼帽给吹了下来，咕噜噜往前滚去。

"请你给我拿一下，朋友。"那位先生大声说，随手把自己的小手提箱交给了流浪汉弗朗特。弗朗特还没有来得及开口，那位先生已经飞也似的去追那顶帽子了。

弗朗特只好拎着小手提箱站在那里，等它的主人回来。他等了半个小时，等了一个小时，可就是不见箱子的主人回来。弗朗特怕那人回来找小手提箱，所以他一直等在那里，两个小时、三个小时，他一边等一边演奏肠子，天还亮的时候看天上的云彩，天黑了就数天上的星星。

午夜十二点钟一响，他就听到一个可怕的声音：

"你在这里干什么？"

"我在等一个不认识的人。"弗朗特说。

"你手里拿的是什么？"

"是那个人的手提箱，"流浪汉说，"他让我替他拿着，我就在等他回来。"

"那个人在哪里？"

"他追帽子去了。"

"你跟我来！"那个可怕的声音说。

"我怎么能走开？"流浪汉说，"我得在这里等他回来。"

"你被捕了。"那凶恶的声音吼叫起来。

弗朗特立刻明白过来：这是个警察先生，到这种时候，争论是没有任何用处的了。

警察把流浪汉带到法官那里。

法官先生说："你这是第几回被带到我这里了？这回又是因为你在街头游荡吧？"

"这次正好相反，法官先生，这次是因为我一直站着，站着不动。"流浪汉说。

"你干吗站着不动呢？你不这样一直站着不动，我就不会把你带这里来了！不过我听说从你手里找到一个什么手提箱，是真的吗？"

"这手提箱是一个陌生人交给我拿着的。"

"手提箱里有些什么东西？"

"我不知道。"流浪汉说。

法官先生打开手提箱，立刻惊讶地从座位上跳起来。手提箱里塞满了钱。法官一数，一共有一百三十六万七千八百一十五元九角二分钱，外加一把牙刷！

"这些钱你是从哪里偷来的？"

"这个手提箱的主人我不认识,他叫我给他拿一下,他的帽子被风吹走,他追帽子去了。"

法官就把流浪汉给拘禁起来。

冬天过去了,春天过去了。半年过去了,一年过去了。总也没有人来报告丢失的这笔钱。法官就怀疑流浪汉杀了手提箱的主人,然后毁尸灭迹。法官决定绞死流浪汉。

"警察先生,请你绞死这杀人嫌犯吧——"

法官还没把话说完呢,门就砰一下打开了,进来一个陌生人,他上气不接下气,浑身沾满灰尘。

"到底找到了!"陌生人喘着大气说。

"找到谁了?"法官先生问。

"找到我的圆顶礼帽了!"这个陌生人说,"可不容易啊!我在街上走着哩,忽然来了一阵风,把我的帽子吹走了。我随手把我的手提箱交给了一个什么人,接着就赶紧跑着去追我的帽子了。可这顶帽子太可恶,它沿着路、顺着桥咕噜噜滚到塞赫罗夫,从塞赫罗夫滚到扎列西耶,从扎列西耶滚到尔台尼亚,穿

过科斯捷列茨滚到兹贝尼克，经过整个格罗诺夫和纳霍德，一直滚到国境。我一路追着它，眼看就要抓到了。可是国境上一个工作人员拦住我，问我要上哪儿去，我说去追帽子。我还没来得及向他解释完，帽子已经连影子也没有了。于是我在当地住了一宿，第二天早晨又急忙去追，追到列文和胡多巴，那儿的水真臭……"

"等一等，"法官先生打断了陌生人的话，"这儿在开庭审判一个杀人嫌犯，可没工夫听你讲地理课！"

"那我就说简单些。我坐上火车去追我的帽子。在斯维德尼克，这顶该死的帽子在客栈里过了一夜，接着又不知上哪儿去了。我打听到，它在克拉科夫浪荡，还打算在那里跟一个什么寡妇结婚。我只好上克拉科夫去找它。"

"为什么非这样追它不可呢？"法官先生问。

"你有所不知，这顶礼帽是全新的呀，而且，帽带底下塞着一张从斯瓦托诺维茨到斯塔尔科奇的回程票。我需要这张车票啊，法官先生！"

"就这样。"陌生人说,"我可不想再买一次票……我刚才讲到哪儿了?对,我上克拉科夫去,我一到那里,可是帽子——你说它坏不坏——坐上头等车上华沙去了,要到那里去冒充外交官。"

"它真是个骗子!"法官先生说。

"我于是报告警察局,"陌生人说下去,"我给华沙打电话,要他们逮住它。但是我的帽子给自己买了件皮大衣——这时候已经到冬天了——留起了小胡子,上远东去了。我当然又去追。穿过西伯利亚,直追到中国的东北,来到黄海。我在海边上差点儿把它给抓住了——因为它怕水。"

"你在那里捉住它了?"法官先生问。

"哪里呀!"陌生人说,"我在海边向它扑过去,可就在这时候,风向一转,帽子朝西滚去。我奋起直追,就这样它穿过了整个中国,接着穿过整个中亚、西亚,有时步行,有时骑马,有时骑骆驼,最后我在塔什干坐上火车追它。五分钟前我在广场上看见它正进饭馆去,就一把捉住了它。"

他说着，拿起他那顶圆顶礼帽给大家看。说实在的，它已经破得不像样子了。

"现在我来看看，那张从斯瓦托诺维茨到斯塔尔科奇的回程票还在不在！"

他从帽带底下抽出那张火车票。

"在！"他得意地叫起来，"现在我回斯塔尔科奇不用再买票了。"

"亲爱的先生，"法官先生说，"您的票已经没有用了！"

"怎么没有用了？"陌生人吃惊地说。

"因为回程票只在三天内有效，可是您的这张票已经过了整整一年零一天。因此，亲爱的先生，您的票已经作废了。"

"哎呀，那我只好另买票了，但我口袋里连一个子儿也没有了……"陌生人搔搔后脑勺，"不过等一等，我动身去追帽子的时候，我把我装着钱的一只手提箱交给一个什么人来着！"

"手提箱里有多少钱？"

　　"要是没记错，"陌生人回答说，"里面一共有一百三十六万七千八百一十五元九角二分钱，另外，还有一把牙刷。"

　　"一点儿也不错！"法官先生回答说，"您那个手提箱连同您的钱，还有您那把牙刷，就在我们这里。站在这里的那个人，您就是把手提箱交给他拿着的。他的名字叫弗朗特。说实在的，我们正要判他死刑，把他绞死，因为他抢劫并杀害了您。"

　　"您这是什么话！"陌生人说，"这么说，你们逮捕了他这个可怜人？也好，不然，他要拿到了我的钱，他会花掉的！"

　　法官先生于是站起来严肃地说：

　　"法庭已经查明，弗朗特没有偷，没有骗，没有抢，也没有拿走交给他拿的钱，一元、一角、一分，他都没有拿，尽管他太需要钱去买面包，买饺子，买饼干或任何可以充饥的东西。法庭受权宣布：弗朗特没有犯杀人罪，任何罪都没有犯。正好相反，他正直、高尚，一日一夜一动不动地站在原地，要归还原主一百三十六万七千八百一十五元九角二分和一把牙刷。根据上述情况，我宣布恢复他的自由，并消除对他的一切怀疑。"

"好了，好了！"陌生人说，"现在该让这位诚实的流浪汉发言了。"

"可是我能说什么呢？"弗朗特说，"我生来就没有拿过别人的东西，哪怕是一个掉在地上的苹果！"

弗朗特确实是流浪汉。在诚实变得像金子一样稀缺的时候，诚实的弗朗特就得被绞死；而有朝一日诚实像猎猎飘扬在高空的旗帜把蓝天映衬得更蓝的时候，那么弗朗特就将被大家拥戴为国王。

黑猫说文

恰佩克是捷克伟大作家。他的具有经典意义的小说在世界文学史册中闪耀光辉。他的童话代表着二十世纪童话的最高成就。

一只箱子和一顶帽子，使这个故事具有强烈而鲜明的传奇性、趣味性和幽默感。正直、善良，生活在最底层的

穷苦人不被人类社会所尊重，所以，童话忍俊不禁的故事
情节传达的是伟大作家对社会问题的深刻思考，表达的是
一种对诚实的渴望。

　　关于童话里的这顶帽子，你能讲一段故事吗？

魔法师的谜语

[苏联] 塔·波诺玛廖娃

这是我小时候的故事。我遇见了一个魔法师。

"请你把我变成一个大人。"

"这是为什么？"魔法师感到很奇怪。

"我的脚够不到自行车的踏板。"

"那好吧，"魔法师说，"不过，你得猜个谜语：一早醒来就没个完。"

"没个完？这准是奶奶的念叨了！"我说，"什么都有完的时候：高脚盘里糖果要吃完，电视节目要演完，就奶奶的念叨没有完！早早就醒来嘛，那不用说是奶奶了！"

"不对，"魔法师说，"你没猜中呀。你猜吧，你猜中那一天，我就来实现你的愿望。"

　　从这一天起，我就天天想呀想，这"一早醒来就没个完"的是什么呢？有时候，我自己觉得已经猜出来了。

　　"空气，永远没个完！"我大声地叫出来。

　　可是魔法师没有出现。

　　"雨！"到秋雨绵绵没完没了的时节，我大声猜道。

　　然而冬天来了，雨不下，下雪了。

　　"是雪？"我问自己。

　　可雪到头来还是化了，化成了水，从地上淌走了。

　　我每天早上醒来，整幢房子都悄然无声。我睁开眼，倾听着。风轻轻吹着通风小窗，小窗低声儿咯吱咯吱响个不停，窗帘微微掀动着……

　　"魔法师！"我在幽暗中小声儿叫魔法师，"最早醒来的是风，是吗？"

　　魔法师没有出现。

　　我就这样一天天过着日子，我还是个小不点儿，还是个小不点儿。

　　但是，当我上了学，爸爸说：

"妈妈太累了，让她到疗养院疗养一些日子。从今儿个起，家里的事你就多操些心，奶奶老了，得有人帮帮她。"

妈妈真的到远方疗养去了。

现在，我得自个儿动手做饭、洗碗、扫地，上学一天不少，功课一样不落。

"日子过得这么快，"我想，"还有许多事得赶快做！"

我醒来得很早，等着我去做的事太多了呀。忽然我又想起魔法师早些年就让我猜的谜语。我走出台阶去，看到远处屋顶上升起一轮鲜红的太阳，这时我说：

"一早醒来就没个完的……事情，要我们操心的事情！"

话音刚落，魔法师就出现了。他已经老了。

"小姑娘，行！"他说，"你猜中了！从今天起，你就算大人了。"

我请魔法师进屋，招待他吃我的抹果子酱油煎饼……

　　一晃过了许多年，从那以后我与魔法师从未再见。至今，我心中还留着一个疑问，那就是：如果一个大人要成为一个小孩，得猜个什么谜语呢？

黑猫说文

　　当妈妈到外地去疗养，小姑娘不得不里里外外一把抓的时候，她懂得了妈妈平日里持家的不容易，大事小事，忙这忙那，琐琐碎碎，繁繁杂杂，没完没了。这时的小姑娘才知道生活就是"操不完的心"，于是她忽然长大了。童话里的谜，也就是生活的谜、人生的谜，猜中它需要时间，需要耐心，需要付出。

　　说说看，妈妈太累了，小姑娘过去为什么不知道？

黑熊的愿望

[英国] 唐纳德·比塞特

有一只黑熊，孤零零地住在一个岛上。他希望动物们都来看他，让他孤独的心灵得到些安慰。他听说，要是谁看见天上飞过白天鹅，谁就能实现一个心中的愿望。黑熊想，要是我看见白天鹅，我就要实现这样一个愿望：让动物们每星期到我这儿来开一次宴会。那样，我就不会感到孤单了。

黑熊在家里做了好多好吃的：面包，果酱，奶油，牛奶……就等着看见白天鹅，就等着动物们到他家来，同他一起分享美味。可是等了一天又一天，他没有看见白天鹅，也就谁也没有来。第二个星期，他还是做了许多好吃的，等着动物们来，可还是没有谁来。

黑熊一直耐心地等待着。

一天，他刚摆好点心，天忽然昏暗下来，原来是一只黑老鹰的翅膀遮住了太阳。哦，他在追天鹅呢，就是他听说的那白天鹅！

"啊！我终于看见白天鹅了！我可以实现我的愿望了！"黑熊高兴得连声欢呼起来。

就在这时，黑老鹰猛地斜刺里向白天鹅扑过去。"不好！但愿老鹰变成麻雀，白天鹅就没有危险了。"黑熊为了救白天鹅，毫不犹豫地放弃了原先希望实现的愿望。

老鹰真的变成了一只小麻雀！

白天鹅脱险了！

白天鹅向着黑熊拍拍翅膀，表示感激他在危急关头救了她的生命，接着飞远了。

黑熊望着摆好的点心，心想："我只好再孤零零地等待了……"

黑熊正为自己的失落而感到伤心呢，忽然，白天鹅又飞回来了，而且这回不只是白天鹅，还有她的兄弟姐妹和她的伙伴们，一大群。

"黑熊，我们来参加你的宴会来了！"白天鹅说。

"啊，真香！真好吃！"天鹅们一边吃，一边说。直到天暗下来，他们才离开。离开时，他们答应下个星期再来。

黑熊依依不舍地送走了天鹅们。他低下头来，啊，有只小麻雀正在边上啄吃面包屑。

"噢，小麻雀，你过去是只黑老鹰，我说的没错吧？"黑熊问他。

"嗯。"小麻雀低声应了一声。看得出来，他很难过，说话间，两滴眼泪落在面包屑上。

"别难过，当我再看见白天鹅，我再有一个实现愿望的机会，那时我一定让你再变回黑老鹰去。不过你要知道，欺负天鹅可是罪过啊，你变回黑老鹰以后，不能再欺负天鹅了！"

麻雀点点头，准备飞走。

"别走吧，跟我在一起，我这里天天有点心吃哩。"

"好吧，你心肠好，我愿意跟你在一起。"小麻雀答应了。

黑猫说文

唐纳德·比塞特在二十世纪上半期以袖珍童话著称于英国。他的童话趣味隽永，行文简洁，格言式的语言使童话别具风格，历久而弥新。

这只黑熊纯真、可爱。白天鹅能帮助黑熊实现排解孤独的愿望，所以他耐心等待白天鹅出现在天际。白天鹅出现了！但正在这时候，斜刺里飞来一只黑老鹰！在这节骨眼上，黑熊显出了他的机警、善良和无私，他宁愿自己孤独也不愿意白天鹅受伤害。这样，黑熊这个童话人物在我们面前就有了灵魂的亮度。

说说看，黑熊的善良表现在哪里？

皮巧根桥

[苏联] 叶甫盖尼·佩尔米亚克

小学生上学，一路上爱讲立功的人和立功的事。

"最好发生火灾，"一个孩子说，"那样我就会从大火中把娃娃救出来！"

"能逮住一条大狗鱼，也挺好，"第二个男孩说，"那样，就全国都出名了。"

可皮巧根不去想那些。他是不声不响的孩子，平常不多言语。

像所有同学一样，皮巧根也喜欢跳过急水河，抄近路到学校去上学。这是一条小河，两岸都陡峭，要跳过去很不容易。

去年有一个男孩，一跳就扑通一下落进了河里，还在医院里住了好一阵哩。同一年冬天，有两个小姑娘踩着刚结上的冰过河，冰一裂就落进了河里，结果弄得浑身湿透。她们呼叫了好一阵才被救了起来。

大人们都不许孩子抄近路上学了。但有近路可走，谁愿意走远路呢？

皮巧根想把一棵白柳树砍倒，从河这边架到河那边去。他能使斧子，还很有几下子。他让爷爷把斧子磨快，随后，他就动手砍白柳树。

要砍倒一棵白柳可不是很简单的。这棵白柳已经长得又粗又大了，两个孩子张开手臂都围不过来。他砍了一天，砍了两天，到第三天才把树砍倒。树从河这边倒到那边。

现在得把白柳的树枝全砍掉，因为树枝会把孩子绊倒，走起来很不方便。不料皮巧根把树枝砍光后，走起来还是有危险，因为两边没有护栏，一滑，还是要跌进河里去，尤其是积上雪以后。

皮巧根拿定主意在木头两边插上栏杆。

爷爷帮他做。

一座又安全又方便的小桥造起来了。现在好了，

不只是孩子，村里的大人来来往往也走这条道了。谁要去绕道，就会有人对他说：

"何苦去多走那七里路呢！过'皮巧根桥'要近便多了。"

后来，白柳渐渐朽烂了，再走就要出危险了，村里就造了一座好一些的桥，是用最好的圆木造的。可这座桥的叫法还是那样：皮巧根桥。

不多久，新修的桥又被换上了更新的桥。因为一条笔直的公路通过这里，必须过急水河，公路就从孩子们踩出来的这条小道通过。

于是，一座大桥架起来了，两边做上铁栏杆。这样的桥总得给起个响亮的名字，通常叫"混凝土桥"什么的……或者比这种叫法更好听的。可人们还叫它的老名字：皮巧根桥。并且，谁也没有想过，这座桥还可以叫别的什么名字。

我们的生活里往往会碰到这样的事。

黑猫说文

叶甫盖尼·佩尔米亚克在剧本、小说、童话三方面都有自己独特的成就和地位。他的各类作品都从现实生活里汲取题材和主题，都以肯定劳动的伟大意义为自己创作的主旋律。

"皮巧根桥"，这种说法就肯定着踏踏实实做对公众有利益的事是将永远被人铭记的。这样的人也将受到大家由衷的肯定和长久的纪念——一座大桥竟用一个孩子的名字命名，而且只有这样的命名才顺民心、合民意。此中意味，耐人思考。

说说看，皮巧根对"立功"的想法跟别人有什么不一样的地方？

127 岁的小魔女

[德国] 普雷斯勒

从前有个小魔女，住在森林里，127 岁了。可 127 岁在魔女世界里还是个小姑娘。她刻苦钻研《魔法大全》，但是学到 213 页了，还是连降雨这样起码的魔法都不会。头一回降下的是白耗子，第二回降下的是青蛙，第三回降下的是枞果，而第四回降下的是脱脂牛奶……但她要刻苦用功，终于把魔法书背得滚瓜烂熟，而且她要同魔女前辈们不一样，她要改变人们对魔女的坏印象，让人们不再仇恨从魔女世界来的人。于是，她做了许多人们做不到的事。小魔女有一只灵通鸟当她的助手，帮她出点子，定主意。

1.纸花

有一天，小魔女忽然来了兴致，要到集市上去看看热闹。

"好啊！"站在小魔女肩膀上的灵通鸟欢叫起来，"咱们该出去看看热闹了。咱们这儿树木很多，而人太少。集市上就正好相反。"

集市上已经挤满了妇女，她们在货摊前拥挤着。卖菜的妇女们提高嗓门叫卖她们鲜嫩的蔬菜；卖水果的，小贩们一个劲儿嚷嚷："苹果啊黄梨哎，快来买啊！"卖鱼的、卖香肠的、卖陶罐瓷碗的，还有卖西瓜酸菜的，都各自扯开喉咙大声兜售。小魔女被人流推拥着，一会儿被挤到这边，一会儿被挤到那边。她买了黄梨，买了酸菜，又买了个打火机，那摊贩还附带送了她一个玻璃指环。

"谢谢！"小魔女说。

市场的一个角落里默默站着一个忧伤的女孩。她的脸色菜黄菜黄的，手腕间挎着个篮子，里头装满了纸花。来来往往的人从她身边经过，却没有一个人买她的花。

"怎么样？"灵通鸟说，"你买她一束花儿吧，这

个小姑娘怯生生的，看着真让人心里酸酸的，不好受。"

小魔女从人群里挤出去。她问那女孩儿："你的纸花卖不掉吗？"

"是啊，"女孩说，"夏天谁还买这纸花儿呢？可是，我要是晚上带不回钱去，妈妈就没有钱给我买面包了，她又该哭了。我家本来日子过得不这样难的。自从爸爸去世，我就做这纸花来卖。可是人们都不要这纸花呀。"

小魔女听着，心里觉得怪难过，脑子里飞快地盘算着怎样来帮助这个小姑娘。很快，她想出了一个主意。她说："我不明白，为什么人们不买这纸花，它们多香啊！"

小姑娘不相信她的纸花会是香的："香？纸花哪有香味呢？"

"的确很香的，真的。"小魔女认真地说，"它们比真花还香呢，你没闻到吗？"

小姑娘一吸气，没错，她的纸花是很香，并且周围的人也都闻到了。

集市上的人都吸着鼻子："什么东西竟这么香啊？"

"哦，是纸花吗？我马上去买一些！"

"这纸花不很贵吧？"

大家同时向小姑娘站着的地方拥过去。主妇们，农妇们，厨娘们，所有的人都跑来了。摊贩们也暂时不管他们的货摊了。大家把小姑娘团团围住。

"大家排队！"站在前面的人觉得自己非常幸运。小姑娘篮子里的花准不够卖的，排在队伍最后面那些人，肯定要买不上花儿了。

然而，怪了，这花就总也卖不完。连来得最晚的小贩也买到了，可花还有！

"这是怎么回事？花总也卖不完？"人们吃惊地交头接耳，小声儿打听着。可是连小姑娘自己也闹不

明白是怎么回事。这当中的奥妙只有两个不寻常的角色知道，那就是小魔女和灵通鸟。

但小魔女和灵通鸟早已离开集市了。小魔女想着卖花女孩的事，心里不由得暗暗高兴。

2.真假小魔女

怎么，积雪满街的冬天，村里来了两个小黑人？印第安人和土耳其人什么时候也跑这里来了？印第安人头上戴着插羽毛的帽子，整张脸画得花里胡哨的；而土耳其人头上戴着坠有缨子的小红帽，下身穿着宽宽大大的灯笼裤。

"他们是从马戏团里来的！"灵通鸟见多识广，它以为自己什么都知道。

然而，那两个小黑人压根儿不是马戏团的演员，印第安人也不是。中国人、阿拉伯人和非洲酋长都不是马戏团演员扮的。这是村里在举行狂欢节。既然是狂欢节，孩子们自然就不用上学，还个个都化了装，在村镇广场举行狂欢节游行。

小土耳其人头上飘飞着风筝。

"喔——喔——"酋长欢呼道。

扮小野人的扯开嗓子叫道：

"我饿！饿！谁想我去吃他？"

土耳其人嚷着土耳其话，因纽特人嚷着因纽特话，北美牧人对天放着玩具手枪。扫烟囱的在自己头上挥舞着黑色的硬纸桶，还有一个童话人物彼得鲁什卡，他一手揪着魔鬼脖子，一手挥鞭抽它，当然也不是真抽。装扮强盗的亚鲁米尔黑胡子抖个不停，样子怪吓人的。

"哎，你往那边瞧，瞧见有一个小魔女不？"灵通鸟突然问。

"哪儿呀？"

"喏，那边，在火灾望台旁边！看到了吗？手里拿着扫帚的……"

"真的！"小魔女兴奋起来，"得到近处去，仔细瞅瞅！"

他们跑到"狂欢节魔女"跟前去，向她祝贺节日。

"午安！"装扮小魔女的女孩回答道，"我跟你，

怎么，是姐妹？"

"完全可能！"真小魔女说，"你今年几岁？"

"我——12岁……你呢？"

"127岁半。"

"想得出！"假小魔女诧异地大声说，"我得记住你的年纪！人家要是再问我年纪，我得告诉人家我今年259岁9个月！"

"可我真的是那么大岁数了！"真小魔女说。

"当然！"假小魔女讥讽地回答，"我知道，你还会说魔语！还会骑上扫帚在天空飞！"

"那是自然！"真小魔女说，"你若不信，咱们打个赌？"

"还是别打赌的好吧。"假小魔女不屑地说，"我知道，你也说不了魔语，你也不能骑扫帚飞上天。"

"赌什么吧？"真小魔女被惹火了。

这时假小魔女笑了。

"哎！"假小魔女大叫起来，"孩子们，喂，都往这边来！土耳其人，小黑人们，都过来！这里有个小

魔女，会骑着扫帚在天空飞！”

　　"这是不可能的事！"彼得鲁什卡全不信会有这
等事。

　　"真的，真的！她还要我跟她打赌呢！让她表演
给咱们瞧瞧，她说的究竟是真是假！"

　　成群的孩子围住了真假小魔女。扫烟囱的，强盗，
彼得鲁什卡，印第安人，非洲酋长和小黑人们，全都
往前挤去，边挤边笑。

　　"我们都相信你能的！"因纽特人挑逗说。

"要是你骗了我们呢，我就把你给吃了！"小野人说。

"哦，你要吃我，请吧！"真小魔女说，"可你们得快一点，不然，我一下就不见踪影了！"

小野人想要去揪真小魔女的衣领，但没等他的手碰到她的衣领，她就嚓啦一下骑上扫帚——嗖！飞上了天空。

小野人一下吓得向后一屁股跌倒了。小黑人们，土耳其人，印第安人和因纽特人都一下目瞪口呆了。阿拉伯人的缠头从头上飞开了，强盗亚鲁米尔大张着嘴，而印第安人的脸吓得雪白。小黑人的脸也变白了，但是这变化没有人能看出来，因为他们脸上抹了一层锅烟子。

而小魔女这时带着站在她肩上的灵通鸟在天空、在市场上空，飞旋着，欢笑着。

然后她又飞升到了屋顶，在那里向大家频频招手。"哎，你们，下面的！"灵通鸟喳喳地说，"现在信了吧？"

"我再弄点什么花样给他们瞧瞧吧！"小魔女大声说，"那小野人不是说肚子饿了吗……"

她一挥手，呼啦，市场上空就哗哗下起了暴雨。啊，这可不是一般的暴雨啊！从天上落下的是肉包子、糖果、馅儿饼！孩子们这下可开心了，他们吃得可高兴了。小野人一个接一个地吃着馅儿饼——虽然按习惯他是该吃人的。

只有假小魔女待在原地不动。她的目光追随着真小魔女，琢磨着她怎么骑上扫帚飞向远方的。

"不，我得信她说的！"她小声儿自语道，"没错，她一准儿是真的有 127 岁半了……"

3.森林狂欢节

小魔女想把森林里的走兽们请来聚一聚，举行一次狂欢节，大伙儿乐乐。小魔女让灵通鸟去请大家。狂欢节要热闹，来参加的走兽越多越好！

很快，整座森林里的走兽都接到了邀请。晚餐后，动物们从四面八方赶来了：松鼠、狍子、鹿、野兔、一大窝家兔和一群老鼠。小魔女看动物们都来得差不

多了，就宣布：

"咱们的森林狂欢节——现在开始！"

"该怎么狂欢呀？"老鼠们吱吱地说。

"每一个都不再是自己，装扮成别的什么。"小魔女解释说，"你们要是自己改变有困难的话，我会帮你们的。别忘了，我会魔法呀！"

该怎么施魔法，她心里已经有一套打算。说干就干，小魔女就帮着大家变起来。

于是野兔们在魔法的作用下长出了鹿角，而梅花鹿呢，长出了兔子耳朵。老鼠都长成如狗一般大，而家兔们变小，变得才老鼠那么一丁点儿。狍子们的毛都变成了红色、蓝色或绿如青草的颜色。小松鼠给长上了一对乌鸦翅膀。

"那么我呢？"灵通鸟叫起来，"你不至于把我给忘了吧？"

"你怎么变，我也早想好了。"小魔女说，"给你安上一条松鼠尾巴！"

小魔女给自己变出了一双猫头鹰的大黄眼，外加

一口马牙。这样子看上去真让人觉着害怕。

全都变过了。狂欢节可以开始了。忽然，从什么地方传来一阵沙哑的声音。

"我可以来参加狂欢节吗？"

动物们感到好不奇怪，都回头去望……大家看见一只狐狸，刺棱一下，从一棵树后面钻了出来。

"不错，大家都没有邀请我参加。"狡猾的狐狸笑嘻嘻地说，"可我自个儿来了，希望大家不要拒绝。你们狂欢，总不能落下我一个呀！"

野兔们吓得瑟瑟抖动头上的梅花鹿的花花角，小松鼠吓得蹿上了屋顶，而老鼠们在小魔女身后挤成一团，向魔女寻求保护。

"让它走远些！"家兔们叫起来，"这还得了！现

在我们都变得这么小，它对我们来说就更凶险了！"

狐狸装出一副可怜巴巴的样子，说：

"难道我这样子还不够漂亮？我恳求您允许我跟大家一同狂欢！"它边说边摆动那根确实很漂亮的大尾巴。

"可你得对我做保证，你谁也不伤害。"

"我保证！"狐狸立刻响亮地说，"我狐狸说的话，一百个算数！我发誓，我要是说话不算数，就让我一辈子吃土豆！"

"哦，也用不着这样！"小魔女不由得扑哧一声笑了起来，"要是你说话不算数，就一辈子都只好吃土豆，你也太可怜了！这样吧，我尽量不叫你糟到那一步。"

小魔女哪会信狐狸的誓言！她给狐狸变了张扁扁的鸭嘴巴。动物们放心了：这下子，狐狸要吃谁，也吃不了了。甚至被变成了小老鼠那么大的家兔们，看着狐狸也不用心惊肉跳了。

森林狂欢节就这样开始了，大家尽情狂欢到了天

黑以后好一阵子。小松鼠们在树上捉迷藏；乌鸦在梅花鹿头上盘旋，还故意用轻柔的尾羽去刷它们；家兔们一无所惧地在鸭嘴狐面前转着跳舞。

狂欢进行到月亮升起，小魔女说话了：

"咱们得结束了。不过，在大家散去之前，我得请你们吃一顿夜宵！"

她又念起了魔语。她给狍子和梅花鹿变出了满满一车清香四溢的干草，她给每个小松鼠变出了一大筐子核桃，她给老鼠们变出了燕麦，给每个家兔变出了一棵大白菜。在宴会开始以前，她念了几句魔语，大家又都变成了原来的动物。客人们都吃了起来。大家都吃得津津有味，就狐狸一个，依旧挺着一张鸭子嘴。

"对不起！"它嘎嘎地叫道，"你不还我原来的嘴了？我这鸭嘴什么也不能吃呀！"

"你得捺着点儿性子！"小魔女回答说，"大家吃好了，你就也会有一份美食的。你自己知道我为什么要这样做！"

于是狐狸就在一旁蹲着，它眼瞅着大家都吃得香

香的，心里好不是滋味。偶尔它张张鸭子嘴，嘎嘎地说几句什么。

当最后一只老鼠躲进了洞里，小魔女摆了摆手，一张狡猾的狐狸嘴脸又回到了狐狸的脑袋上。在它面前出现了堆得高高的香肠！狐狸美美地大吃大嚼起来。

"怎么样，味道不错吧？"小魔女问。

但是狐狸只顾得上嚼香肠，对于小魔女的问话，它没有回答。

4.淘气的男孩

"太阳终于给冬天安上了一双脚！"小魔女说。

事实正是如此。这不，冬天离得一天比一天远了。春天来了。

积雪由白变暗，冰开始融化。森林里的角角落落都开满了迎春花。柳树长出了嫩叶，白桦爆出了新芽。天气越来越暖和了。

对于春天的到来，不用说谁都心里高兴。大家都在心里自语："冬天终于走了，多么好啊！我们可真

是冻够了！"

灵通鸟高兴。灵通鸟的好朋友乌鸦也高兴。乌鸦从来不怕冷，也不怕热。它的性格总是很随和，却也不乏主见。乌鸦从来都打着光棍。

"光棍过日子方便！"它经常发议论说，"第一，不用做窝；第二，不用同老婆吵架；第三，不用春天一到就给小家伙弄吃的。你喂它们，喂呀喂呀，到头来，它们各飞各的了！我这是从早已成家的兄弟那里悟透的道理，我可一点也不眼红它们！"

灵通鸟的乌鸦朋友中，有一个最要好的朋友，叫克拉克斯。它的窝做在鸭塘旁边的一棵老榆树上。灵通鸟每年春天去看它一回。它去看望的日子，朋友家很清静，因为克拉克斯的老婆蹲着孵蛋，小乌鸦还得过些日子才能出壳，所以没有娃儿来干扰它们聊天。

但是这回灵通鸟从朋友那儿回来，似乎觉得很不安。小魔女一下就看出来了，因此她问灵通鸟：

"你的好朋友克拉克斯没有事吧？"

"还好，暂时还没有，"灵通鸟回答说，"但是我

的朋友和它老婆一天到晚忧心忡忡，寝食不安。因为它们那里去了两个淘气包，他们三天两头爬上树去，把鸟窝给掀翻！前天，他们掏了鸫鸟的窝；昨天，他们洗劫了喜鹊的巢。他们把鸟蛋装进自己的衣袋，将窝给抛到池塘里去。克拉克斯不知往后这日子该怎么过。要是再这么下去，这下面就该轮到它家了……"

"叫克拉克斯别犯愁！"小魔女对灵通鸟说，"你去转达我对它的问候，并且告诉它，只要那两个淘气包一来，就让它马上来告诉我。我去教训教训这两个小东西！"

"你决心帮助我的好朋友啦？"灵通鸟兴奋得叫起来，"你真是个好魔女！心肠好，心地善！你会得好报的。我现在就飞到我兄弟那里去，把一切都告诉它！"

一连几天过去，灵通鸟的好友并没有来求援。小魔女早把这事给忘了。

一天，克拉克斯突然来了，它飞到小魔女的棚屋时，已经时近傍晚。它气喘吁吁地说：

"他们去我那儿了！他们去我那儿了！"它老远就气咻咻地说，"快去帮帮我们，去迟了，就全完了！"

小魔女这时正在磨咖啡豆。她扔下咖啡磨，拿过扫帚，抬腿跨上魔扫把，就旋风似的快快往森林那边的鸭塘飞去。克拉克斯和灵通鸟两个差点儿没跟上。

当他们飞到克拉克斯的窝时，两个男孩已经爬上了树。

他们快够着鸟窝了。克拉克斯的妻子浑身瑟瑟哆嗦，还牢牢蹲在鸟蛋上，不挪身子。

"喂，你们两个！"小魔女对他们大声叫道，"这是要干什么？赶快下来！"

男孩怕了，但往下一瞧，只不过是个不起眼的老太婆。他们当然根本没有想到，这手里拽着扫帚的老太婆是小魔女。

一个男孩向小魔女吐了吐舌头，另一个向她做了个鬼脸。

"我跟你们说话呢——你们快下来！"小魔女正颜厉色地说，"不然你们就要吃苦头了！"

　　两个男孩同时放声哈哈大笑起来，其中一个竟用无赖的口吻说：

　　"你有本事啊，上来！我们不下去，爱在这里坐多久就坐多久！呸！"

　　"那好，"小魔女说，"我就叫你们待在那上头！"

　　她说着便用魔法将两个淘气包胶定在树上，让他们在原来的地方上动不了。于是两个淘气包上不能上，下不能下：他们就像是长在榆树上头了。

　　乌鸦和它兄弟，还有它的兄弟妻子三个呱呱叫着，扑扇着翅膀，飞降到两个淘气包的头上。它们又是抓又是挖又是啄！掏鸟窝的好手们惨叫声这么响，以至于半个村子的人都出来看稀罕了。

　　"这是怎么回事？出了什么事啦？"人们相互打听着。

　　"啊哈，快瞧啊！这是弗里茨——裁缝的儿子，和鞋匠的儿子塞普！又毁鸟窝！他们这是活该！就该这样治他们！上树掏乌鸦蛋不会有好下场的……"

　　没有一个人同情淘气鬼。

大家就觉着奇怪：怎么就下不来了呢？

三只乌鸦早就回了窝，而两个男孩却还呆呆坐在树上。

"你们两个倒是下来呀！傻待在那里干啥呀？"下面的人叫道。

"我们动不了啦！"塞普带着哭腔说。

而弗里茨号啕大哭：

"我们长住啦！我们长在树上啦！妈——妈！"

人们只好从城里请来救火队。消防队员们在汽车上架起长梯，爬上树，把两个倒霉蛋弄下来。这也亏得小魔女从两个男孩身上及时解除了魔法。不然，他们就得一直坐在树上，现在也还下不来。

黑猫说文

普雷斯勒在德语世界中是家喻户晓的童话作家，他的童话持续畅销，每年要售出成百万册，曾多次在国内外荣获大奖。他的幻想小说字里行间灌注着慈爱、真情、善意，为孩子提供富有创意的幻想空间，在幻想世界中跟孩子们讨论一些人生的、社会的严肃问题，以便在孩子的心灵中

埋下真善美的优良种子。

《小魔女》原是一部中长篇童话，被认为是战后世界少年儿童文学读物四大杰作之一。主人公小魔女用魔法为人们、动物实现愿望，决心做一个好上加好的好魔女，改变人类对魔女的坏印象。当然，小魔女的所作所为，件件桩桩都是在"开着玩笑"，即玩笑着把好事做完、做成了。

说说人们为什么喜欢普雷斯勒的幻想故事，在小魔女的故事中举一个例子加以说明。

陌 生 鸽

[苏联] 杜多奇金

早晨，格里夏跑上台阶，正想喝令鸽子飞起来呢，忽然发现灰鸽群中有一只陌生的黑花鸽。那是一只会翻跟斗的良种鸽。它在台阶旁边慢慢地走来走去，在草地上啄什么吃。

格里夏一面柔声"咕咕、咕咕"叫着，一面蹑手蹑脚走下台阶，向黑花鸽伸过手去。陌生的鸽子稍稍蹲下，缩着头，可是，并不想飞走，好像要别人抱它似的。

格里夏打量了它一会儿，说："哪儿飞来的鸽子，胆子可不小呀！"

等到他从商店买面包回来，那只鸽子还没有飞走。会不会是它的翅膀受了伤？

　　格里夏抱起鸽子，看见翅膀上有四根大羽毛被粗线紧紧绑扎着。不知道扎线的人为什么这样做，是怕它飞走呢，还是有别的什么缘故？

　　格里夏用小刀小心地割断了粗线，轻轻把羽毛梳理好，抚摸了一会儿这个不请自来的小客人，然后把它抛向了天空，说：

　　"飞回家去吧！"

　　鸽子展开翅膀，在房子上空飞翔。

　　"再见，陌生的鸽子！"格里夏挥舞着帽子，喊道。

　　鸽子在房子上空飞了两圈，顽皮地转了几个身，然后，优美、灵活地翻了个跟斗，向格里夏的脚边飞下来。

　　"怎么样，朋友，翅膀上不扎线，你不是自由了吗？为什么还飞回来？是要对我说声谢谢吗？"

　　格里夏喜欢跟鸽子说话，班上的同学都说，鸽子懂他的话。这话不假，瞧，这只会翻跟斗的陌生鸽走到格里夏脚跟前，侧着美丽的黑冠，信任地睨视着格里夏。这样站了几秒钟后，它啄掉卡在格里夏鞋帮上

的草籽，又抬头瞅着他。

"好吧，好吧，我知道，你什么都懂。"格里夏捧起陌生鸽，轻轻地抚摸它，然后又把它抛向了天空，"回家吧。你的主人要等得着急了。"

这一次，陌生鸽还是没飞走，它在天空盘旋了一阵，降落在屋顶上。那里，格里夏的灰鸽们正在晒太阳，用嘴梳理着它们的羽毛。陌生鸽也加入灰鸽群里，开始打扮自己。

就这样，它不管小主人同意不同意，在格里夏的鸽棚里住了下来。五六个星期后，这只聪明、听话、飞行老练的鸽子成了灰鸽群的头鸽。可是格里夏还是叫它"陌生鸽"。

有一天，邻村的小伙子卡费嘉来做客。他看见陌生鸽非常惊奇地说："这好像是我的鸽子。"

他想抓住在台阶栏杆边走着的陌生鸽，可是，鸽子一下子飞到屋顶上去了。

"格里夏，这只鸽子怎么会在你这里？"

"它飞来，就自己留下了。"

"扎着翅膀飞来的？"

"扎着翅膀！"

"陌生鸽，到这儿来！"格里夏拍拍自己肩膀。鸽子立刻飞到他的肩上，安静地蹲着。

卡费嘉闷不吭声，只是皱着眉。他明白了，他对不起这只鸽子。

黑猫说文

格里夏只是怀着柔情对陌生鸽说几句话，怀着柔情解去捆绑在陌生鸽翅膀上的线，想不到陌生鸽竟就会认格里夏做它的新主人，亲近格里夏，做格里夏的新朋友，这是因为陌生鸽感觉到了格里夏对它的爱怜。动物对人类的爱如此敏感，委实令我们慨叹，也给我们以做人的启示！

说说看，鸽子跟人一样，格里夏说的话它句句都能听懂，是吗？

小象巴波

[法国] 布仑霍夫父子

　　大森林里，有一头大象妈妈生了一头小象，叫巴波。象妈妈非常疼爱巴波，天天坐在摇篮边，用长鼻子摇着摇篮，嘴里不停地哼着柔和的摇篮曲，哄宝宝睡觉。

　　巴波长大了，会同小伙伴一起玩了。他是一个很听话的象孩子。妈妈给他捡来一个贝壳，他就用贝壳在地上铲沙子玩。

　　有一天，巴波正在妈妈背上玩得开心呢，突然，一个猎人在大树后面朝他们开了一枪。巴波的妈妈被子弹打中，倒下了！旁边的小猴吓得赶快躲起来，小鸟也害怕地飞走了。猎人跑上前来，想抓住巴波。

　　巴波扭头就逃！他跑啊跑啊，不知跑了多少天，可怜的巴波来到了一个城市里……他非常疲倦了。

　　他到底还小，不懂世界上除了妈妈的爱，还有人，而人有心肠坏的，有心肠好的。对着他妈妈开枪的那个猎人就很坏。当然到城市里来，他说不定也会遇上好人。

　　他头一回看到这么多房子。

　　他头一回看到这么宽阔的街道，有横的有竖的。

　　在这么多新鲜的东西中，让他最感兴趣的是两个正在街上走着的先生。他想："哦，他们穿得可真漂亮！要是我也能有这样漂亮的衣服就好了。"可他不知道怎样才能弄到衣服。

　　巴波运气真好——一位有钱的老太太看出了他的心思，知道他也想有一件漂亮的衣服。这位老太太很喜欢小象，她掏出好多钱给巴波，让巴波自己到商店里去挑他合身的衣服。巴波当然很感激，便很有礼貌地说了声："谢

谢，太太！"

巴波马上走进一家大商店。他走进电梯，啊哈，在这样的小屋子里，一会儿上一会儿下，真是有意思极了。他待在电梯里不愿意出来了，于是上去下来、又上去又下来，十几趟，还没有玩够。可开电梯的人说话了："象先生，我这电梯可不是玩具啊，你得出去了。"

巴波用那个有钱的太太给他的钱，给自己买了一件衬衫，一条领带，一件同这领带相配的深绿色的上装，一顶漂亮的圆顶礼帽，还有鞋子，当然鞋子得买两双才够他穿。

巴波觉得十分满意。他现在已经有一身合时的打扮了，也该算得上是文雅的城里人了。于是，他就走进照相馆，气气派派地照了一张相。

巴波来到他的朋友，就是那个老太太家里，同老太太一块儿用晚餐。老太太夸奖他的新衣服很漂亮。吃完饭，巴波觉得很疲倦了，所以一上床就睡着了。

巴波就在老太太家住下了。

每天早上，巴波同老太太一起去锻炼身体。过后，

再去冲淋浴。

　　老太太什么都给他买。老太太给他买了一辆车。每天，他都要开车出去兜一会儿风。

　　老太太请了一位很有学问的老先生来给巴波上课。巴波学习很专心，所以成绩总是很好。他是个好学生，进步很快。

　　巴波也想给老太太做事。他就给老太太讲关于大森林，以及他住在大森林时的种种故事。

　　巴波在城市里应该说日子过得很是惬意，然而他总觉着不开心——他很想念大森林里的兄弟们，很想同猴子们一块儿玩耍。他常站在窗前往远处张望，希望能从这里看到大森林。他越来越伤心地想念自己亲爱的妈妈，童年时的一切常常出现在他的脑海里。

　　时间过得很快，转眼过去了两年。有一天，他正同他的朋友老太太一起散步的时候，意外地看见很眼熟的两头小象，迎着他走来。他们没有穿衣服。

　　"哎呀，"他对老太太说，"他们是我的表兄妹，一个叫亚瑟，一个叫莎丽丝。"

巴波亲热地同他们相吻，然后，带他们到大商店里去买衣服。

他们还到糕点店里去买了最好吃的糕点。就在这时候，亚瑟和莎丽丝的妈妈也在寻找她们各自的孩子。她们到处找，找得好苦。两个象妈妈急得不知怎么办才好。

好在，有一只森林里的鸟路过城里时，看见了巴波和另外两头象。他立刻回去向亚瑟的妈妈和莎丽丝的妈妈报告这个消息。

亚瑟的妈妈和莎丽丝的妈妈赶紧到城里来找自己的孩子。两个妈妈看到自己的孩子高兴极了。她们都责怪孩子们不该自己走这么远。

巴波很想同他的表兄妹一起随着妈妈们回家去，再看看大森林。老太太为他们准备动身的行装。

他们准备出发了。巴波吻过老太太，高兴地转身向森林方向走去。他可真舍不得离开好心肠的老太太。他说，他一定会回来看她的。他永远不会忘记她。

他们走了。巴波和老太太都依依不舍。车里坐不下两个妈妈，她们便跟在车后面走。她们把鼻子扬起来，免得把灰尘吸进鼻子里去。老太太一下感到孤独得受不了。她伤心地想："什么时候能再见到巴波呢……"

说来也巧，就在那一天，大象国王吃到了一朵有毒的蘑菇。他中毒了，毒性发得很凶。到头来，他没能治好，死了。这真是个巨大的不幸！

象国葬下了国王，三头最年老的大象碰在一起，开了个会。他们决定立即选一位新国王。

就在这时，他们听见一阵闹嚷嚷的声音，转身一看，你猜这三头老象看见了什么？原来是巴波开着汽车回来了。大象们立刻欢呼起来：

"看呀，哦，看呀！巴波回来了！巴波、亚瑟、莎丽丝，你们好啊！噢，多漂亮的衣服啊，多漂亮的汽车啊！"

年纪最老的老象颤抖着声音说："朋友们！我们正要选一位国王，我说，就选巴波当我们的国王吧，他刚从城里回来，他同人在一起住了这么多年，一定

学到了许多东西，懂的比我们中间任何一个都要多，让有学问的巴波来当咱们的国王好吗？"

大象们觉得老象说的在理，都表示赞成，现在就看巴波自己怎么说了。

"谢谢大家！"巴波说，"谢谢大家！"

象国里一片欢呼声。

就这样，巴波当了国王。

黑猫说文

布仑霍夫父子创造的小象巴波形象，一问世就受到孩子们的热忱欢迎，在欧洲广为流传，后来又通过电影、电视而家喻户晓。

巴波来到城市完全是因祸得福，在城市里遇上了好人，慈心柔肠的老太太收留了小象，使小象有接受人类文明的机会，也感受到了人间的温暖。他妈妈和他不同的遭遇，说明了人世间恶和善是并存的，所以这是一篇用小象的眼睛来看世界和感受世界的童话。

小象带着逃命的恐惧感进入了人的城市，当他离开人的城市时，却依依不舍了，这种感情变化是怎样发生的？

男孩和狮子

[法国] 法蒂奥

　　动物园里有一头快乐的狮子，它有许多好朋友。动物园管理员的儿子弗朗索瓦，就是狮子的好朋友。弗朗索瓦每天去上学，路过狮子的铁笼，总是向狮子问候："早上好，快乐的狮子！"

　　杜蓬德校长也是狮子的好朋友，每天下午经过狮子笼时，也总要向狮子说一声："下午好，快乐的狮子！"

　　每天晚上，坐在音乐台旁一条长凳上不停编织毛线的彼得森夫人离开时，也总要同狮子说一声："晚上好，快乐的狮子！"

　　每逢星期天，乐队到音乐台来表演，狮子就在一旁闭上眼睛，静静地听。乐队的乐师们见狮子竟这样

喜欢音乐，很是感动，所以除了向狮子问好，还给它一些香香的肉食和精美的点心。

有一天早上，管理员忘了关上狮笼的铁门。

"门开着，我正好出去，去看看我的那些住在城里的朋友。"它这样说着，就走出了笼门。

行动敏捷的红松鼠用尾巴吊着，坐在树枝上，悠闲地吃着胡桃。

"你好，我的朋友！"快乐的狮子向红松鼠快乐地问候。

"你好，快乐的狮子！"红松鼠抬起头说。

快乐的狮子来到鹅卵石铺成的大街上，就在拐角处，它遇见了杜蓬德先生。

"你好！"它说，同时礼貌地点着头。

"嗯嗯嗯嗯嗯嗯嗯嗯嗯嗯……嗬嗬嗬嗬嗬……"杜蓬德先生回答着，跌跌撞撞地慌忙往路边退去。

狮子不明白杜蓬德先生为什么要怕它。

走着走着，碰上在动物园里就已经认识的三位小姐。

"你们好，小姐们！"

"啊——"三位小姐叫着跑开了，像是恶魔在身后追赶她们。

真奇怪，狮子越想越不明白了。她们在动物园可一直都是很有礼貌的呀。

"你好，太太！"在杂货店旁边，快乐的狮子赶上了彼得森太太，点点头说。

"唉唉唉唉唉唉唉唉唉——呀呀呀呀呀……"彼得森太太叫起来，把装着蔬菜的篮子向狮子扔去。

狮子打了个大喷嚏，说："这些城里人，叫我看不懂。"

这时，狮子听到阵阵鼓乐声，像是军队出发去打仗似的，一边"得拉哒哒哒哒嘭，哒哒哒，嘭，嘭！"吹奏着，一边大踏步行进，大街两旁都站满了观看的人群。

狮子上前去点点头说"你好"，鼓乐声顿时变成尖叫声和求救声，乱成一团。

演奏的人和旁观的人都失魂落魄地逃进两边的门

廊和路边咖啡馆。

不一会儿，热闹的大街上就空空荡荡了，一片寂静。快乐的狮子蹲下来，想这究竟是怎么回事。想了一阵，它终于想通了：这些人，在动物园里说的做的，一到动物园外就不相同了。接着它站起来，继续向前走去，去找它的朋友。但是不行，它一走近人群，人不是尖叫就是跑开。它看到，阳台上的人在高处向它指指点点。

不久，狮子听到了一种奇怪的声音，连续地呜呜呜呜呜呜呜叫个不停。声音越叫越近了，越叫越响了。

"这是风声吧。"狮子想，"要不是呢，那准是动物园里的猴子成群地出来散步了。"

突然，一辆红色的救火车吼叫着，开到大街的一边，在离狮子不远的地方停了下来。一辆大车开到狮子的另一边，后边的车门打开着。

狮子安静地坐了下来，它倒要看看会发生什么事。消防员一个接一个跳下车来，他们拖着橡皮水管，向狮子一步一步靠近。

　　他们小心地向狮子走近，一步一步又一步……橡皮管活像一条咝咝爬动的蛇，越爬越长，越爬越长。

　　就在这时，传来一个孩子轻柔的呼叫声："你好，快乐的狮子！"

　　他就是动物园管理员的儿子弗朗索瓦。他从学校放学回家去，看见了狮子，就跑过来了。快乐的狮子终于碰到了一个朋友，立刻高兴起来。它快乐地说："你好！"

　　它完全忘记了消防员，它不知道消防员要干什么。它只听见弗朗索瓦说："咱们回动物园去吧。"边说边用手轻轻捋着它长长的鬃毛。

　　"好吧，咱们回去吧。"快乐的狮子高高兴兴地说。于是，弗朗索瓦同狮子一起向动物园走去。消防员坐在救火车里，跟在他们后面。阳台上的人们从高处向狮子喊道："你好，快乐的狮子！"

　　从此，人们把最好的食物带来给狮子。而狮子呢，就是开着笼门，它也不出去了，它依旧像以往那样快活。它蹲在笼子石头上的时候，就会有朋友，譬如校

长杜蓬德先生、彼得森太太来向它问好："你好，快乐的狮子！"

但是狮子心里明白，只有弗朗索瓦是它最要好的朋友，真正的朋友，所以当他来向它问好的时候，它总是不停地摇动尾巴。

黑猫说文

法蒂奥的《男孩和狮子》原是图画故事书，是二十世纪受到世界一致好评的普及率最高的童话之一。

起先，狮子以为凡是来向它问候的都是它的朋友，但是后来它明白，真正同它心灵相通的只有一个人——一个孩子。狮子是天真的，单纯的；孩子是天真的，单纯的。天真，单纯，是他们心灵相通的桥梁。真正的朋友都必须是以真诚为基础的。这篇童话虽然整体上是虚构的，却来源于现实生活，读来真实可信。

说说看，弗朗索瓦对狮子轻轻一声招呼，狮子怎么就跟着弗朗索瓦走了呢？

听鱼说话

[美国] 海·格里费什

琼儿的外公是个非常有趣的人。他爱钓鱼。琼儿看外公把蚯蚓挂上钓钩，就说："蚯蚓不疼吗？"

"我来问问它。"外公把蚯蚓拿到面前，对它说："你挂在钩上，受得了吗？"

接着，外公把蚯蚓搁到耳朵边听了听，然后对外孙女说："它说，没事儿，它说它最喜欢钓鱼了。"

琼儿不相信外公说的，她要自己亲耳听一听。她把蚯蚓放到耳朵边听了听，说："蚯蚓什么也没有说呀。"

"它跟你还不熟呢。蚯蚓的心思我知道，它是急着要下水去钓鱼了。"外公说着就把钓钩往前一抛，蚯蚓立刻沉到水里去了。不一会儿，外公钓上来一条鱼。接着，外公把钓竿递给外孙女，让她也碰碰运气。

琼儿学着外公的样子，把钓钩抛进了水里。没多久，她也钓到了一条鱼，是一条小鱼。小鱼躺在岸边的草地上，小嘴一张一张的。琼儿看着有些不忍心了。

"小鱼好像在说什么。"琼儿说。

"是的，鱼儿真的像是在说话哩。"外公说着，拿到耳边听了听，说，"小鱼说'拿我做汤，一样很鲜的'。"

"我要自己来听。"琼儿说。

"你能听懂鱼话吗？"外公问。

"试试看吧。"琼儿说着，把鱼搁到耳边听了一下，说，"小鱼说'我还小呢，放我回水里去吧'！"

外公又惊又喜，说："你说的是真话吗？"

"一点不假。"琼儿说。

"那好，你就把它放回去吧。"外公说。

琼儿把小鱼轻轻放回了水里，看着它尾巴一摇一摆地游远了。

外公又把钓钩抛进了水里，又钓起鱼来。他边钓边说："我还从来没见过学听鱼话竟有像你学得这么快的，一学就会了。"

"下一回，我要学听蚯蚓说话，准也能一听就会。"琼儿说。

黑猫说文

在这个故事里，祖孙关系是一种具有亲缘特点的朋友关系，所体现的是人与人之间事实上和本质上的平等。外孙女不是外公说什么就听什么，就信什么。"我要自己来听。"从这句话里，我们感觉到了一种值得我们好好去寻味的东西。常在外公身边接受乐天熏染并在这样的环境中生长的琼儿，很快"青出于蓝而胜于蓝"，外公听歪了鱼话，小女孩用她的一颗童心去听，才听到了小鱼的心声——"我还小呢，放我回水里去吧！"

说说看，琼儿为什么要自己听鱼说话？

给小鸭让路

〔美国〕麦克洛斯基

　　鸭先生和鸭太太为了找一个好的住处，已经走了许多地方了。鸭太太一会儿说树林里有吃鸭子的狐狸，林边不能安家，一会儿又说水里有咬鸭子的鳖，水边不能住。于是他们一连几天总在飞，从这里飞到那里，又从那里飞到这里，总是决定不了应该在哪儿落脚。

　　他们飞到波士顿城，就再也飞不动了。在波士顿，他们倒是觉得公园里是他们落脚的好地方：公园里有池塘，池塘里有小岛。"在这儿过夜挺不错的。"鸭先生拿定了主意。于是，他们哗啦啦扑扇翅膀，向小岛飞去。

　　这儿虽然没有多少鱼可供他们抓吃，但是这儿船

上的人给他们扔花生米什么的，味道很好。

"这儿没有狐狸，没有鳖，还有人给喂花生米。我喜欢这个地方。在这里做上个窝，就在这儿孵小鸭子吧。"鸭太太说。

鸭先生很高兴，终于找到了一个让鸭太太满意的地方！可是，没想到……

突然，呼噜噜斜刺里飞出一辆自行车来，鸭太太不由得猛一战栗："这儿可不是孩子们待的地方。咱们另找地方吧！"

他们于是又飞起来，飞过一座山，绕过议会大厦，又到广场看了看。广场倒是还行，就是没有游泳的地方。不一会儿，他们飞到了一条河的上空，下面出现了一个小岛。"这儿好。"鸭先生说，"这儿安静，离广场只一小段路。"

"是啊。"鸭太太想起了花生米，"那么，就在这儿找个好孵小鸭的地方吧！"

他们商量妥当，立刻在近处矮树林里拣了个又挨着水又背风的地方，安下了他们栖息的家。

一天，他们游到河岸的公园里，在那里，他们碰上了一个叫米歇尔的警察。米歇尔给他们吃花生米。从此他们常常到米歇尔那里去。

不久，鸭太太生了八个蛋。这样，鸭太太就得天天蹲着孵蛋，只有要喝水吃东西的时候，才不得不离开一下，或者是觉得该数一数她的蛋时，她才起来。

这样，他们不能常常去拜访米歇尔了。

鸭太太耐心地在八个蛋上蹲了许多天。终于，小鸭子出来了。最先出来的是杰克，接着是卡克、拉克、马克、奈克、威克、帕克和夸克。鸭先生和鸭太太看到自己有这么棒的一群孩子，感到很了不起。当然，他们不只是高兴，也想到要把这么多孩子拉扯大是很不容易的。他们于是分外忙碌。

一天，鸭先生决定去旅行，去看看河下游他喜欢的那个公园。出发前，他对太太说："过一个星期，我在公园等你们。你要照顾好咱们的孩子！"

"你放心去吧，"鸭太太说，"我知道怎样把孩子一个不少带到你那儿去。"

她开始教小鸭子游水、扎猛子。她教他们走路要排成一条直线，要同自行车和各种有轮子的东西保持一个安全的距离。

最后，她觉得把自己的孩子训练得差不多了，于是一天早上，她说："孩子们，过来。跟我走！"

八只棒棒的小鸭子，杰克、卡克、拉克、马克、奈克、威克、帕克和夸克，像平常妈妈教他们的样子，排成长长的一排。鸭太太领头跳进河里，小鸭子们纷纷跟着妈妈下水，游到对岸去。

他们游到对岸以后，就摇摇摆摆来到高速公路上。

鸭太太走在头里，快步穿过十字路口。

高速公路上的飞快驰行的汽车，"嘀嘀嘀"直叫个不停。鸭太太带领着孩子叫，大喉咙小喉咙一起嘎嘎嘎，对着汽车也叫个不停。

嘀嘀嘀！嘀嘀嘀！

嘎嘎嘎！嘎嘎嘎！

吵闹声把警察米歇尔给引了过来。他边跑边吹警哨。他站在路中间，举起一只手，让行人和汽车全停

下来；接着用另一只手招呼鸭妈妈带着她的孩子们穿过公路。

不一会儿，鸭子们就都穿过了公路。米歇尔又快快赶回他的警亭，给交警总队挂电话，说："有一家鸭子，大大小小九口，正往大街走去！"

总部的警察一下被弄糊涂了，直问："一家什么？"

"一家鸭子！"米歇尔大声说，"赶快派警车来，要快！"

这时，鸭太太已经来到一家书店门口，再拐弯就

上大街了。鸭太太的后面一顺溜跟着她的宝贝孩子杰克、卡克、拉克、马克、奈克、威克、帕克和夸克。

街上行走的人们一个个都看呆了。一位老太太喃喃地说："这可是一辈子没见过的！"一个扫街的男人说："噢！排得真整齐！"鸭太太听到这些赞扬，感到非常自豪，她高高地抬起头，于是走起路来更加摇摆了。

当他们来到另一条大街的拐角处，那里已经有总部派来的一辆警车和四个警察。警察举手挡住了行人和车辆，让鸭太太带着小鸭子们顺利通过十字路口，再从那里进到公园里去。

他们走进公园大门以后，又全都转过身子，围成一个半圆，向警察表示感谢。警察们笑了，挥手向鸭子一家告别："再见！"

他们来到池塘，游向小岛。鸭先生已经在这里等待了好久。他们喜欢这个小岛，就居住在这里了。

黑猫说文

麦克洛斯基是一位画家，他在写成这篇童话前曾在市内水域画过大量鸭群的素描，为写好这篇童话打下了观察和积累素材的基础。这篇童话面世后，立即好评如潮，成为二十世纪最好的流传最广泛的童话之一。

小鸭子和他们的妈妈一家子，在街上一顺溜摇摇摆摆行走，这景象非常动人。快速奔驰的车子都停下来给鸭子让路，鸭子在人口密集的闹市享受着一种生命的尊严，反映了人与野生动物和谐相处的新观念。这篇童话一开始就把我们带入现实感很强的情境中，而故事实际上已经被艺术家理想化了，所以它又是一篇来自生活却又高于生活的优秀童话。

要是你是警察米歇尔，你会像米歇尔叔叔那样帮助小鸭子一家吗？

做在大胡子里的鸟窝

[爱沙尼亚] 艾诺·拉乌德

说起来，大胡子的胡子也真大，天凉的时候，能当成棉被。

有一天，太阳把睡在空地上的大胡子小矮人唤醒。大胡子正要梳理他的胡子呢，嘿，忽然从他的胡子里飞出一只小灰鸟。

小灰鸟飞上一根树枝，蹲在那里，愣愣地瞅着大胡子。大胡子只好躺在原来的地方，一动不动，这样小鸟就不会受惊了。

大胡子小矮人感觉，有什么东西在他的胡子里轻轻动弹。他抬头一瞧，不由得笑了。大胡子里，有个小鸟做的窝哩，里头有五个小鸟蛋。这小灰鸟在他的大胡子里抱蛋呢！

　　这下可让大胡子为难了。抱蛋得清清静静的，安安稳稳的，专心一意的，才能把小鸟抱出来。于是，大胡子只好纹丝不动，静静躺在那里，呆呆仰望着白云在天空悠悠飘动。

　　后来，鸟妈妈飞上了树枝。过一阵，鸟爸爸回来了，嘴里叼着一条虫子。鸟爸爸先站在树枝上，看大胡子靠得住靠不住，看了好一会儿，没事儿，就飞到鸟妈妈跟前，把虫子喂进它的嘴里，又匆匆飞进了树林。鸟妈妈抱小鸟，鸟爸爸当然要忙碌些。它不停地把各种好食品叼来给鸟妈妈吃。

　　从早晨起，大胡子就没有吃过东西了。本来他的大胡子上结着些越橘什么的野果，但早已吃完了，新的又没长出来，好在鸟爸爸看出大胡子肚子饿了，它及时地捉了些虫子来喂大胡子。大胡子是人哪，哪会吃生虫子，所以赶紧闭上了嘴，抿得紧紧的，不让鸟爸爸把虫子塞进他嘴里。

　　"谢谢你，我不会吃虫子，你还是好好照料鸟妈妈吧，让它在我的大胡子里安心抱蛋。它一天不动窝

地抱蛋，也怪辛苦的。"

大胡子伸手拔了些草茎嚼着，不让自己的肚子太饿。他这么一动不动的，躺久了，腰疼得厉害。可他又不敢动弹，生怕一动弹就吓着鸟妈妈。幸而，他的大胡子里没有多久就传来轻轻的砰砰声。

第一只小鸟出壳了！

"欢迎你，小东西！"大胡子低声说，"欢迎你到这个有趣的世界上来！"

大胡子忘了口渴，忘了饥饿，忘了腰疼。

第二只小鸟出世了，第三、第四只小鸟出世了，接着是第五只！五只毛茸茸的小鸟！五个可爱的小生命！鸟妈妈看着自己抱出来的小家伙，心里说不出有多高兴。

同鸟妈妈一样高兴的，还有大胡子小矮人哩。

黑猫说文

艾诺·拉乌德是爱沙尼亚的功勋作家和诗人，是有国际声望的作家之一。这篇童话是从拉乌德荣获安徒生国际

儿童文学荣誉奖的长篇童话《三个小矮人》里节选出来的一段。

童话的夸张为童话的展开打下了基础。大胡子柔软、蓬松，供鸟做窝的确是非常合适，于是鸟就来做窝了。鸟来做窝给小矮人带来的难题：一是不能动弹，二是得忍受长时间的饥饿。好在大胡子"帮人帮到底"，他挺过来了，母鸟果然在他的大胡子里孵出了一窝小鸟！母鸟碰上了好心的大胡子小矮人——童话作家通过大胡子小矮人，营造了一幅人与大自然和谐的理想的感人图景。

把这个故事从头到尾讲出来吧。

安德罗克卢斯和雄狮

[美国] 詹姆斯·鲍德温

很久以前，在罗马曾经有一个可怜的奴隶，名叫安德罗克卢斯。他的主人是一个狠毒的人，他对奴隶非常残忍。安德罗克卢斯忍受不了折磨，终于逃走了。

许多天来，他一直藏身在森林中，他找不到吃的，已经筋疲力尽，觉得自己就要死了。一天，他爬进一个洞里躺了下来，不久就睡着了。

不一会儿，一阵很大的响声把他惊醒了。一头雄狮进入了洞内，正大声地吼叫着。安德罗克卢斯呆了，他想，狮子肯定会吃了他的。可是，他很快发现雄狮并不是在发怒，它跛着一条腿，好像是一只爪子受了伤。

安德罗克卢斯放大胆子，拿起了狮子受伤的爪子，

看看是怎么回事。狮子安静地站着，用它的头亲热地蹭着他的肩头，好像是在说：

"我知道你会帮助我的。"

安德罗克卢斯把狮爪从地上抬起来，发现有一根又长又尖的刺扎进了狮子爪子里。他抓住刺的一头，然后猛地一拔，刺被拔了出来。狮子高兴得像狗一样欢跳起来，它舔着它新朋友的手和脚。

安德罗克卢斯一点也不害怕了。到了晚上，他同狮子躺在一起睡觉。

在很长一段时间里，狮子每天都为安德罗克卢斯带回食物，他俩已经成为很好的朋友，安德罗克卢斯觉得他的新生活很快乐。

一天，有些士兵从林间路过，他们在洞里发现了安德罗克卢斯。他们正好认识他——他就是他们追捕已久的奴隶。他们把他押回了罗马。

当时法律规定，从主人那里逃走的奴隶，抓回来后要同饥饿的狮子搏斗。他们将一头凶恶的狮子关起来，几天不给东西吃，在它饥饿难忍时，人狮搏斗的

日期也就确定下来了。

那一天终于到了，成千上万的人来看比赛，他们来到竞技场，就像我们去体育场看马戏或球赛。

门打开了，可怜的安德罗克卢斯被带了进来，因为已经听到了狮子疯狂的吼叫声，他吓得快死了。他抬起头来，看到周围成千上万张面孔，没有显出一点点怜悯——追求刺激的欲望已经把人性全遮蔽了！

这时，饿狮冲了进来，它一跃就扑到了可怜的奴隶身边。安德罗克卢斯一声惊叫，但不是因为恐惧，而是因为高兴。原来，它正是他的老朋友，那只在山洞里相识的狮子。

那些等着看狮子吃人的人，不禁大吃一惊。他们看到安德罗克卢斯用手臂搂着狮子的脖子，狮子伏在他脚边，亲热地舔着他的脚，并用它的头蹭着他的脸，好像是等待着他的爱抚。他们简直不明白这是怎么回事。

他们要求安德罗克卢斯解释这是怎么回事。安德罗克卢斯一手搂住狮子的脖子，站在他们面前讲述了

他是怎样同这头狮子在洞中一起生活的。他说道：

"我是一个人，但从未有任何人对我表示过友善，唯有这头可怜的狮子对我好。我们像兄弟一样友爱。"

这时人们发了善心。"把他放了，让他自由吧！"他们喊道，"放了他吧！"

另一些人喊道："把狮子也放了，让他们两个都自由吧！"

这样，安德罗克卢斯获得了自由，并得到了那头狮子，他俩在罗马共同生活了许多年。

黑猫说文

詹姆斯·鲍德温是著名的黑人小说家、剧作家、散文家、儿童心理学家和儿童文学作家。他为孩子写的历史故事短小精悍，意蕴隽永，老少咸宜。

这篇短小故事写的是人和猛兽两者之间微妙的理解和沟通，而这种沟通的可能性所提供给我们的启示，可以为我们打开解决人类社会种种难题的新思路。

这个故事里，人们的善心是怎样被激发出来的？

跑进家来的松鼠

［俄国］斯克列比茨基

我们家的房子就紧挨着森林。

一只松鼠跑进我们家来，很快就同我们相熟了。它成天满屋子乱跑，在橱柜和架子上乱跳。它动作灵活得惊人，可从来没碰掉过一样我们的摆设。

爸爸的书房里，挂着一对从森林里捡来的大鹿角。松鼠常常爬到鹿角上蹲着，就像蹲在树杈上似的。

它特别爱吃甜食，所以经常跳到我们肩膀上要糖吃。有一回，它自己钻进橱柜里去偷了方糖。妈妈不知道是松鼠干的，还专门叫我过去，问谁偷吃了方糖。

有一天，午餐后我正坐在餐厅里的沙发上看书，忽然看见松鼠跳上餐桌，叼起一块面包皮，一跳，跳到了大柜子顶上。过了一分钟，它又来叼走了一

块面包皮。

我想,松鼠把面包皮都叼到哪儿去了呢?我搬了一把椅子到大柜子跟前,爬上去,往大柜子顶上瞧,那儿搁着一顶妈妈的帽子。我拿起那帽子,不由得大吃一惊——那帽子下面什么都有!有方糖,也有纸包糖,还有面包皮和各种各样的小骨头……

我马上把我的发现拿给爸爸看,说:"原来松鼠是我们家里的小偷!"

爸爸哈哈大笑,说:"我怎么早没想到呢!你要知道咱们家的松鼠这是在贮备冬粮呢。森林里的松鼠一到秋天就要开始储备冬粮,这是松鼠的天性。我们家的松鼠有吃的,可它还要同森林里的松鼠一样贮备冬粮。"

爸爸在橱柜门上装了个小钩子,让松鼠再也钻不进去偷糖块。但是松鼠依旧千方百计储存冬粮,一见面包皮、榛子、核桃、小骨头什么的,就立即叼了去,收藏起来。

后来有一天,我们到林子里去采蘑菇,很晚才回

家，感觉累得不行，随便吃了点东西就睡了。满满一
篮子蘑菇就不经意地搁在了窗台上，那儿比较凉快，
放一夜坏不了。

我们早晨起来一看，蘑菇篮里空荡荡的了。蘑菇
都上哪儿去了呢？忽然爸爸在书房里惊叫起来，喊我
们过去。我们跑过去一看，挂在墙上的那对鹿角上挂
满了蘑菇。不仅如此，搭手巾的架子上、镜子后面、
油画上面，到处都是蘑菇。原来松鼠起了个大早，忙
活了整整一个清晨，把蘑菇全晾上了，想晾干了留着
自己过冬吃。

秋天，当阳光还温暖地照耀着大地的时候，森林
里的松鼠总是把蘑菇高高地挂在树枝上晾干。我们家
的松鼠也这样做了。

它是预感到冬天将要来到了！

过了些日子，天气真的冷了起来。松鼠躲到暖和
些的角落里去藏身，再接着就干脆不见了它的踪影。
我们都感到心里空落落的。

天太冷了，我们非生上炉子不可了。于是我们关

上通风口，放上些柴，点着了火。这时，忽然听得炉子里有什么东西沙沙作响。我们急忙把通风口打开，只见松鼠像一粒子弹似的从里头飞了出来，跳到大柜子上。

炉子里的烟呼呼直往屋子里冒，而烟囱口却不见一丝儿烟。怎么回事？哥哥用粗铁丝做了个大钩子，从通风口伸进烟囱里去，看烟囱是叫什么给堵住了。

结果，哥哥从烟囱里掏出一只手套，还有奶奶过节时才舍得戴上的头巾。

原来，我们家的松鼠把这些东西叼到烟囱里给自己垫窝去了。我们这才又想起它毕竟是从森林里来的，天性这样。跟它说同人住在一个屋子里，冷不着它的，可是没有用！

黑猫说文

斯克列比茨基是以动物文学著称的重要作家。他的作品蕴含撷取自大自然的浓郁诗意，表达的是热爱家乡的情怀，它们能使孩子从中获得物候学和生物学知识的同时，也能让孩子对大自然中的生命多一份同情和爱。

　　这篇动物故事把一只松鼠放在人类家庭环境里加以观察，用孩子的眼光来看一只野生动物在人类生活环境中的行为表现，对松鼠与生俱来的本能和习性做了非常有趣的描写，让我们身临其境地欣赏到松鼠这种袖珍动物的美妙和可爱。

　　说说看，松鼠在家里已经温饱不愁，为什么还天天忙乎着筹集冬粮？

骑大海龟的小男孩

[英国] 罗·达尔

挺拔的椰树包围着我们住宿的旅馆。从阳台上可以看到西印度群岛的海滩，金灿灿的阳光洒在大海上，银光熠熠。这里可真是个度假的好地方。

一天傍晚，我在阳台上看书。忽然，阳台下面传来一阵骚动。我抬头看，看见远处海滩上聚了许多人，好像在围观什么。我立刻下楼，挤进了人群里。这时我才发现，原来是渔夫们捉来了一只大海龟，这会儿它正四脚朝天躺在海滩上。这龟可真大，我以前从没见过这么大的海龟。要是把它翻过去，一个高个儿骑在它背上，垂下的脚还够不到地面的。它四脚在空中乱蹬，那脚爪像一把把尖刀，锋利极了。

"喂，都往后站站，这龟不但脚爪厉害，牙齿也厉害得很！"一个渔夫大声说。

一个愣头愣脑的家伙在海滩上找来一块被海浪冲上岸的木板，有一英尺厚吧。那人用木板去拨弄海龟的头，只听咔嚓一声，木板给海龟咬穿了。

一个又胖又大的男子走到渔夫跟前，说："喂，伙计，我出钱，要下这龟了。我把它带回家，请行家来把它制成动物标本，放在客厅中央！"可渔夫说这龟已经卖给旅馆经理做菜了。

胖子说："这没关系的，经理只管拿去它全部的肉好了，我要的是它的壳。"

这只海龟降生到这世上，该有一百五十年了吧，早在乔治·华盛顿就任美国总统那会儿，它说不定就已经生活在西印度群岛这碧蓝的大海里了。可现在，它却躺在这儿，听人们谈论这龟排吃起来味道比牛排要好多了，这龟汤比牛肉汤要鲜多了。

人们听一个年轻人的一声号召，就用一根长绳拴住海龟，要协力将它拖到旅馆厨房里去。

就在这时，突然传来一声尖叫："别——拖——"

那尖叫声仿佛能穿透一切。人们看见沙滩上走来三个人：一男一女一小男孩。那男孩想从男人手里挣脱出来，他边向人群跑来，边大声地喊："你们这样做太狠心了呀！请把海龟放了！"但是男孩的父母紧紧地拽着自己的儿子不放。

游客们全然不理会焦急的男孩，他们照旧把海龟沿海滩拉向旅馆。

"你们这些人心真狠！"男孩冲着四五十个大人说，声音很高，"它没碍你们什么呀，你们把它放了吧！"

男孩的父亲被他的儿子弄得很为难，但并不为儿子感到羞耻。

"这孩子特别喜爱动物。"男孩的父亲对大伙儿说，"在家里，他养着各种动物。他还能跟动物说话哩。"

"他太喜欢动物了！"男孩的妈妈也说。

这时人们的情绪有了些许变化，大家开始感到不十分自在了，甚至还有人觉得愧疚了。

"快！"男孩大声说，"快把海龟放了！解开绳子，

把它放了！"

他个儿很小，但挺挺地站在大家面前，炯炯有神的眼睛像两颗明亮的星星，闪闪地发着光。海风吹拂着他的头发。他这样子既端庄又威严。

这时男孩突然挣脱拽他的父母，直向四脚朝天的大海龟奔去。他像带球飞跑的运动员似的，在人群中间钻来钻去，只有渔夫一个人前来阻挡他。

"小孩，你别靠近这海龟！"他边上前去抓男孩边大声喊。可是男孩在他身边机敏地闪过，继续向海龟跑去。

"大海龟会把你咬成碎块的！"渔夫大喊道，"快站住！孩子，别跑！"

然而，来不及了。当他向海龟跑去时，海龟看见了他。这四脚朝天的海龟很快把头转向他，求救似的看着他。男孩在沙滩上跪下身去，伸出双臂去抱那布满褶皱的海龟脖子，紧紧地搂在怀里，面颊贴向大海龟的头，双唇翕动着，他低语着大人们都听不懂的话。大海龟这时变得异常安详，就连大爪子也停止了舞动。

对眼前发生的事，游客们觉得很不可思议。但是孩子的爸爸妈妈一块儿向孩子走去，在离孩子十英尺的地方停了下来。

"爸爸，"男孩哭喊着，双臂仍抱着大海龟深褐色的脖子，"爸爸，想想办法吧！求他们把海龟放了吧！"

"海龟没把孩子脑袋给咬下来，真是幸运至极了。"从旅馆里跑出来的经理看着海龟和男孩说。接着他对孩子说："喂，孩子，快过来。这家伙很危险的。"

"我要他们把它放了！"男孩大声说着，双臂依然搂着海龟脖子不放，"叫他们把它给放了！"

孩子的父亲对着大伙儿喊："这海龟归谁所有？把海龟卖给我吧。大家不了解我的孩子。你们要是把海龟拖去杀了，我这孩子就准会发疯的。"孩子的父亲告诉大家，他的孩子不是一般地喜爱动物，他喜爱动物喜爱到能跟动物说话的程度。

大家看着孩子依旧跪在沙滩上，不停地用手爱抚海龟的头。旅馆的经理虽说很不情愿放弃这海龟，可也不愿意在这旅游旺季里在他私人的沙滩上闹出人命

来。他联想起在这之前这里一个游客让椰果砸死的事，就耸了耸肩，说："嗯，我想，要是这能对你的孩子有好处……哎，把海龟放了！"

一个渔夫走上前来，说："这海龟是我这一生捕到的海龟中最厉害的一只。我们六个人一起下劲，才把它给弄上岸来的。这孩子太让人不可思议了。"

"把它放了！"经理又说了一遍。

"放了？"渔夫怪叫了一声，"这海龟可是我们这个岛上捉到的海龟当中最大的一只呀！绝对是最大的一只！还有，你要是放了，谁来管我们这六人的工钱啊？"

"只要你马上放了这海龟，你们六人的工钱自然是由我来偿付，还另给你们一笔赏金。"男孩的父亲说。

渔夫看了看男孩的父亲，又看了看经理。

"那好，"他说，"如果你一定要的话。"

"不过，有个条件，"男孩的父亲说，"在拿到钱之前，你们得保证不马上驾船去捉这海龟，起码今天晚上不去。这能做到吗？"

"行，"渔夫说，"说话算数。"

渔夫说完，叫过他的同伴解开捆绑海龟的绳索，接着一起用长木板将海龟翻了过来。可大海龟并没有马上爬回大海，它抬起头，乌溜溜的两眼直瞅男孩；男孩也回过头，对大海龟亲切而又轻柔地说："老人家，再见！这次你可要走远些！"海龟的黑眼睛又注视了男孩一阵。人群中谁也没有移动一步。后来，这庞然大物转过身，向大海一摇一晃地爬去。

人群一眼不眨地看着海龟，鸦雀无声。

海龟爬进了大海。

海龟自由自在地游向大海深处。

过了好一阵，海龟游出了大家的视野，消失在一片汪洋之中。

不料，第二天一大早发生了意外的事，那个男孩失踪了。他的妈妈哭得死去活来。

我匆匆穿上衣服，急忙来到海滩上，只见经理同两名警察说着话。远方，我在海滩上看到一群人影，除了旅馆服务员，还有游客，他们四散着向海边的礁

石走去。清晨的景色美丽极了，初阳的光芒在平静的大海上撒下了无数蓝蓝的宝石。

我听得经理对警察说："我的旅馆里不见了人，这警察逃不掉责任的……"

这时有一只渔船从大海深处飞快向海滩驶近。船轻轻滑上海边的沙滩，停了下来。

"喂，经理先生，我们看见了一件怪事！"

经理催他们快说。

"大约四点钟左右，我们的船驶出两海里远，蒙蒙晨光中，我们看见那个小男孩高高骑在老海龟背上，像骑马似的赶着海龟，漫游在大海里。"

两名警察乘上游艇，到海上寻找男孩。他们找了一个星期，什么男孩的踪影也没看见。

差不多过了一年，有消息报道说，一艘英国渔船到深海区依留德拉海岛附近捕鱼，船长在双筒望远镜里发现有一个男孩在海岛上行走。后来大家都通过望远镜看到了那男孩。大家一致认定，这就是那失踪的男孩，他虽然皮肤黝黑，却分明可以看出他是个白种

人，跟当地小孩显然不同。并且，大家发现男孩身边的沙滩上，有一只硕大的乌龟在爬动。

船长立即下令把船驶向海岛。可是男孩见有船驶来，就飞快跳上了龟背。大海龟爬进海中，眨眼间就消失得无影无踪了。渔船找了他两个钟头，既没见到人，也没见到大海龟。

我想，这男孩对幸福和快活的看法跟大家不同。他在那里，一定生活得很幸福、很快活。

黑猫说文

罗·达尔是以短篇小说闻名于世的英国大作家。为自己的孙辈创作的儿童幻想小说使他成为"二十世纪最具想象力和最有生命力的童话大王"。

这个故事从大海龟被买卖开始，事关它的生死，我们不能不密切关注它的命运。故事中的这个男孩"对幸福和快活的看法跟大家不同"，所以在海龟将被金钱交易送进汤锅、拿它的躯壳去做客厅摆设的时候，他尖声叫喊着，奔突着，冲出来卫护海龟了。正是这一个不起眼的男孩，使大海龟免受无情刀锋的割裂。这个孩子的不普通，在于他

能跟动物说话，能跟动物做情感沟通。在故事的尾声中，男孩和海龟融为了一体——男孩仙化了，而海龟则因为男孩舍命爱它而具有了人性，也呼应了这个男孩"对幸福和快活的看法跟大家不同"。

说说看，男孩不愿意随渔船回到人群中的原因是什么？

小 鹌 鹑

[俄国] 屠格涅夫

　　我的父亲非常爱进大森林里去打猎。只要家务不忙，天气又好，他就拿起猎枪，背上猎囊，唤来他那只叫"心肝儿"的老猎犬，出发打沙鸡打鹌鹑去了。我父亲常把我也带在身边……我高兴极了！我把裤腿塞进高筒靴，肩上挂个水壶，自以为这就是猎人了！我走得汗水淋漓，小石子跳进我的皮靴，可是我一点也不觉得累，在父亲后面步步紧跟。每当枪声响过，鸟呼啦一声掉下来，我就又蹦又跳，甚至大叫起来——我太高兴了！受伤的鸟有时在草丛中，有时在心肝儿的牙缝里挣扎着直拍翅膀，血滴滴答答淌下来，可我总是兴高采烈，一点爱怜的感觉也没有。

　　有一回，那是个暑热天，我跟父亲去打猎。那时沙鸡还小，父亲不想打它们，就到黑麦地旁边的小橡树丛那里去。这种地方常常有鹌鹑。那里草割起来不方便，所以格外茂盛，花也很多，有箭舌豌豆，有三叶草，有铃铛草，还有勿忘我花和石竹。我同妹妹有时到那里去的时候，总是采上一大把。可是我跟父亲去就不采花，因为我觉得这样做有失猎人的体面。

忽然，心肝儿趴下来悄悄往前爬。我父亲叫了一声："逮住它！"就在心肝儿的鼻子底下，一只鹌鹑呼地跳起来，飞走了。可是它飞得很奇怪：翻着跟斗，转来转去，又落回到地上，好像是受了伤，或者翅膀坏了。

心肝儿拼命去追它……如果小鸟好好地飞，它是不会这么追的。父亲甚至没法开枪，他怕散弹会把自己的心肝儿给打伤了。我猛一看，心肝儿飞速扑上去——一口咬住了鹌鹑，叼回来交给父亲。父亲接过鹌鹑，把它肚子朝天放在掌心上。我跳了起来。

"怎么啦，"我说，"它本来是受伤了的吗？"

"没有，"父亲说，"它本来没有受伤，准是这附近有它的一窝小鹌鹑，它有意装作受了伤，让狗觉得

捉它很容易。"

"它为什么这样做呢？"我问。

"为了引狗离开它那些小鹌鹑啊。引开以后它就会飞走了。可这一回它没有装好，装得过了头，动作慢了一点，于是给心肝儿逮住了。"

"那它原来不是受了伤的啰？"我再问一次。

"不是……可这回它活不了啦……心肝儿逮住它的时候，准是用牙咬了它。"

我走近鹌鹑。它在父亲的掌心上一动不动，耷拉着小脑袋，用一只褐色小眼睛从旁边看着我。我忽然深深可怜起它来！我觉得它在想："为什么我应该死呢？为什么？我是尽我做母亲的责任啊，我尽力使我那些孩子得救，把狗引开，结果我完了！我真可怜！真可怜！这太不公平了！哦，太不公平！"

"爸爸！"我说，"也许它不会死……"

我想摸摸小鹌鹑的小脑袋，可是父亲对我说："不行了！你瞧，它这就把腿伸直了，全身哆嗦，眼睛也闭上了。"

它眼睛一闭上，我就大哭起来。

"你哭什么呀？"父亲笑着问。

"我可怜它，"我说，"它尽了它做妈妈的责任，可是我们的狗把它给咬死了！这是不公平的！"

"它原来是想要滑头把狗引开，"父亲说，"可没耍过心肝儿。"

"心肝儿真坏！"我心里想……这回我觉得，不只是狗不好，父亲也不好。"这是什么耍滑头？这是母亲对孩子的爱，可不是耍滑头！它是不得不假装受伤来救孩子，心肝儿就不该捉它！"

父亲已经想把鹌鹑塞进猎囊，可我向他要过来，小心地放在两个手掌中间，向它吹气……它不会醒过来了吗？可是它一动不动。

"没用的，孩子，"父亲说，"你弄不活它的。瞧，摇摇它，头都软绵绵的，晃荡了。"

我轻轻地把它的嘴抬起来，可一放手，头又耷拉下来了。

"你还在可怜它？"父亲问我。

"现在谁来喂它的孩子呢？"我反问。

父亲定定地看着我。

"别担心，"他说，"有公鹌鹑呢，它们的爸爸，它会喂它们的。等一等，"他加上一句，"心肝儿怎么又趴下要扑腾什么了……这不是鹌鹑窝吗？是鹌鹑窝！"

真的……离心肝儿的嘴两步远，在草上并排一只挨一只卧着四只小鹌鹑。它们你挤我我挤你，伸长脖子，全都急促地喘着气，像是哆嗦着！它们的羽毛已经丰满了，绒毛已经脱离，只是尾巴还很短。

"爸爸，爸爸！"我拼命地叫，"把心肝儿给叫回来！它会把它们也咬死的！"

父亲叫住了心肝儿，走到一边，坐在小树丛底下吃早餐。可我留在窝旁边，早餐不想吃了。我掏出一块干净手帕，把母鹌鹑放在上面，说："没妈的孩子，看看吧，这是你们的妈！它为了你们，把自己的命弄丢了！"几只小鹌鹑还浑身抖动着，很急地喘气。接着我走到父亲身旁。

"这只鹌鹑，你能送给我吗？"我问他。

(turn to

“好吧，可你想拿它干什么呢？”

“我想把它给埋了！”

“埋了？”

“对。埋在它的窝旁边。把你的小刀给我，我要用它挖个小坟坑。”

父亲很惊讶。

“让那些小鹌鹑到它的坟上去吗？”他问。

“不，”我回答说，“可我……想这样。让它在自己的窝旁边长眠！”

父亲一句话也没说，他掏出小刀递给我。我马上挖了个小坑，亲亲小鹌鹑的胸口，把它放在小坑里，盖上了土。我又用那把小刀截下两根树枝，削掉树皮，用草扎成一个十字架，插在坟上。我和父亲很快就走远了，可我一直回望……十字架白晃晃的，很远还能看见。

夜里我做了个梦，梦见我在天上。这是什么？在一小朵云彩上坐着我那只小鹌鹑，只是它全身也是白晃晃的，像那个十字架！它头上有个小金冠，像是奖赏它为自己的孩子殉了难！

过了五天，我和父亲又来到原来的地方。我根据已经发黄但没有倒下的十字架找到小坟。可是窝空了，几只小鹌鹑也不见了。我父亲要我相信，是公鹌鹑，小鹌鹑的父亲，把它们带走了，带到别处去了。后来，当几步远的矮树丛下面飞出只老鹌鹑时，父亲没有开枪打它。我想，爸爸还不像我想象的那样坏！

可是奇怪，从那天起，我对狩猎一点兴趣也没有了，再后来，就完全放弃狩猎了。

黑猫说文

屠格涅夫是欧洲十九世纪极负盛名的小说家和散文作家，以反映现实深刻、描写心理细腻和语言优美、善于抒情著称于世界。

母鹌鹑的母爱表现得这样忘我，对"我"的灵魂产生了强烈的震撼，"我"为了表达对母鹌鹑的敬意，郑重地对母鹌鹑进行了墓葬。作家对这些都做了详尽细致的描写，于是我们才相信"从那天起，我对狩猎一点兴趣也没有了"是真情的流露。

说说看，哪些描写最能打动你的心？

兔　　掌

[苏联] 康·帕乌斯托夫斯基

　　华尼亚是老猎人拉里昂的小孙子，他们住在乌尔任湖畔的一幢房子里。这会儿，华尼亚怀里抱着一只兔子，去找我们村的兽医。兔子被一件破旧的短衫严严实实地包裹着，它的双眼红彤彤的，眼睛不停地眨巴着。

　　"你这是怎么啦，变憨包啦？"兽医一见华尼亚，就嚷嚷道，"这样慌慌张张的，脱下自己的外套包只兔子来给我！"

　　"别吵吵，这可不是普普通通的兔子，"华尼亚嘶哑着喉咙，低声说，"这是我爷爷派我送来的，他让我抱来给它治伤。"

　　"它哪儿受伤了？"

　　兽医把华尼亚的脸扭向门口，又往他背上轻轻推搡了一下，大声说：

　　"走吧走吧！我可不会治烧伤的兔子。你去剁上几根大葱，好好炖炖——跟你爷爷去美美地吃上一顿兔肉吧。"

　　华尼亚没答话。他在过道上站下，眼珠骨碌骨碌不停地转动，拉长的脸挨着圆木垛成的墙壁，两行泪水悄悄地沿木墙淌下。兔子在布满汗渍的短衫里不停地颤抖着、抽搐着。

　　"你怎么啦，小孩？"好心的大娘阿妮西娅问华尼亚，她牵着她的羊到兽医这里来治病，"小心肝，眼泪汪汪的，怎么啦？哎，你准是有什么事不称心吧？"

　　"这是爷爷的兔子，烧伤了，"华尼亚低声说，"森林着火的时候，兔子脚掌烫坏了，跑不动路了。瞧，多可怜啊，都快要死了。"

　　"死不了，孩子，"阿妮西娅说，"告诉你爷爷，要是他真疼他的兔子呀，就让他把兔子送进城去，送到卡尔·彼得洛维奇医生那里去治。"

华尼亚揩干眼泪，穿过树林，向乌尔任湖畔的自己家走去。他哪里是走哟，是光着脚板在灼烫的沙石路上飞跑。不久前发生的森林火灾，就发生在乌尔任湖北岸，这会儿都还能闻到一股子烟焦味和丁香烤干的气味。林间草地上，那丁香大片大片长得可旺盛了。唉，现在都叫火烧了。

兔子疼得吱吱叫。

华尼亚把兔子放在小松树下，然后在路边扯些毛茸茸的银白色树叶，一片片撕下，扔在兔子眼前。兔子瞥了瞥叶子，把头钻进树叶堆里，不动了。

"你这是干吗，小灰灰？"华尼亚柔声问兔子，"你倒是吃呀。"

兔子没有动静。

"你倒是吃呀。"华尼亚重复了一遍，听得出来，他的声音是颤抖的，"你是想喝水吧？"

兔子的破左耳轻轻动了一下，接着又闭上了双眼。华尼亚把兔子抱在怀里，跑步穿过树林——他得赶快

带兔子到湖边去喝水呀。

夏日的太阳热烘烘地烤人。这天早晨，白云你推我搡地拥挤着在天空飘动。到了正午时分，一团白云在天空翻滚着，匆匆飘飞而去，一忽儿消失在天边，无影无踪了。灼热的风一刻不停地刮，已经刮了两星期。顺着树身淌下的松脂，渐渐粘成了一块块琥珀。

清早，爷爷裹上包脚布，穿上树皮鞋，拄上拐杖，带上面包，进了城。华尼亚抱着烧伤的兔子，跟在爷爷身后。兔子一点儿声音也没有了，只偶尔整个身子颤动几下，抽搐地呼吸着。

热风把面粉似的尘土刮到了小城上空。那尘土中飞舞着鸡毛、枯叶和干草。人们从远处看去，还以为是浓烟滚滚的熊熊大火。

小城的农贸集市场地空空荡荡的，一片寂寥；马车夫和牲口在水棚边打瞌睡，马头上扣着一顶草帽。爷爷啐了口唾沫，说：“不知是畜生还是美人儿——鬼才分得清！”

爷孙俩一见过路人，就打听城里的兽医卡尔·彼

得洛维奇的住处，可谁也说不上医生的确切地址。他们走进一家药铺去问。他们向一个戴夹鼻眼镜、穿白大褂的老胖子打听，老胖子很不高兴地耸了耸肩膀，说：

"你们来打听这个人，可真有意思，真有意思！你们打听这个人做什么？卡尔·彼得洛维奇，这个儿科专家，三年前就不看病了。你们找他有什么事儿？"

爷爷因为对儿科大夫万分尊敬，又觉得自己这份请求有些不好意思说出口，所以他说兔子的事就说得结结巴巴，很不利落。

"真稀奇！"药铺主人说，"你们这样的病号，是我开药铺以来听说的无数病号中最稀罕的病号！"

他用不停颤动的手指摘下夹鼻眼镜，揩了揩，重又夹上鼻梁，然后细细打量老人。爷爷默然不语，只一个劲儿跺脚。药铺主人也默然不语。这样沉默着，不由得让人产生一种憋闷感。

"邮局街三号！"药铺主人突然爆出一句，他的手掌在一本破旧的厚书上拍了一下，"三号！"

爷爷和华尼亚刚拐到邮局街，就听到雷声从奥卡河对岸高空隆隆传来。懒洋洋的雷声，在地平线以外的什么地方时轻时重，像睡眼惺忪的大力士伸展双臂打呵欠似的，无意中把大地抖动了一下。奥卡河上一片银灰色，微波荡着涟漪。一阵阵闪电捉摸不定地闪现着，虽然无声，却快捷有力地把草原上的暗幕撕裂；旷野的远处，一堆草垛已经被电火击燃，腾起熊熊的火光。大颗大颗的雨滴落到尘埃飞扬的大路上，每粒雨滴都发亮，像从火山口喷发的一束束光箭。

当爷爷的蓬松胡须出现在卡尔·彼得洛维奇的窗口，卡尔·彼得洛维奇正坐在钢琴前，弹着一支忧伤却动听的曲子。

一分钟后，卡尔·彼得洛维奇已经生起爷孙俩的气来了。

"我不是兽医！"他说着，啪一下合上了钢琴盖子，整个草原都听到了他暴风雨般的怒吼声，"我这辈子只给孩子治病，没给兔子治过伤！"

"你给孩子咋治，给兔子也咋治吧，这不都一样啊，"爷爷执拗地恳求着，"这不都一样啊！你给治治吧，你就发一回慈悲吧！我们村的兽医不肯给治。我们摊上那缺德鬼也真是倒了八辈子的霉。这只兔子，说得上是我的救命恩人，我愿意用我的命来报答它，我得谢它的恩德呀！"

这位灰眉长长的老医生，卡尔·彼得洛维奇，他过了一小会儿，就听起爷爷讲的故事来。虽然讲的人结结巴巴，可听的人却满怀感动地听着。

卡尔·彼得洛维奇终于答应给兔子治伤了。次日一大早，爷爷就回村去了，华尼亚留下，在卡尔·彼得洛维奇医生家护理伤兔。

过了一天，整个邮局街的人都因华尼亚到城郊割兔草而开始流传兔子救人的故事：一座古老的森林里，遭了一场大火，一只灼伤了的兔子救了一位老汉的命，现在这只兔子由卡尔·彼得洛维奇给治着伤。过了两天，全城的人都听说了兔子救人的奇事。就在第三天，卡尔·彼得洛维奇家来了一个自称是首都莫斯科一家报纸的特约通讯员的人，这人个儿不高，头

上戴着一顶呢帽，他要求华尼亚给他详细讲讲兔子救人的故事。

兔子脚掌的灼伤治好了。华尼亚用一件旧衣服把兔子裹好，抱回家来。过不多久，兔子的事被人淡忘了，只有莫斯科的一个什么教授横竖要求把兔子卖给他。他每次来信都夹着邮票，央求爷爷给他回信。然而爷爷任凭教授好说歹说，就是不肯卖给他。华尼亚按爷爷的意思，给那位教授写了一封信：

"兔子是非卖品。它是个活蹦乱跳的精灵，得让它自由生活在山林里。拉里昂对此决不动摇。"

这年秋天，我在乌尔任湖畔的拉里昂老人家里过夜。寒星点点，映在静谧的湖水中。干枯的芦苇发出阵阵声响。秋天的野鸭，在荒草丛中凄惶地叫唤，嘎嘎声一夜响到天明。

爷爷一点睡意也没有。他在火炉边修补渔网。当他把茶壶坐到火炉上，窗玻璃一下就汗水淋漓，透过这样的玻璃看星星，星星就都由火星点点变成了轮廓模糊的火球团团。小狗在院子里吠叫着，它在黑暗中

折腾，咯咯咬着牙，想跃出这十月的暗夜去。兔子在草窝里沉睡着，它在睡梦中用一条后腿咚咚敲着陈旧的地板。

夜间，我们喝着茶，等待姗姗来迟的黎明。就在这喝茶的工夫，爷爷给我讲了这只兔子救他的故事。

八月里的一天，爷爷在乌尔任湖北岸打猎。狐狸没打着，无意中碰见了一只左耳有个破洞的兔子。爷爷用一支扎了铁丝的旧猎枪崩了一枪。没打中，兔子溜掉了。

爷爷往前走去。这时，他突然心惊肉跳起来——一股呛人的烟味从南面袭来。

起风了。

烟愈来愈浓。烟像白布似的在密林间翻滚，火渐渐烧到一片矮树林。这时爷爷连呼吸都感到困难了。

爷爷心里明白，这是山林大火紧随他身后扑过来了。

小风成了狂飙。

烈火在不知不觉中迅速追赶着猎人。用爷爷的话

说，这种时候火车都难以逃出险境的。爷爷没有夸张，没有吹牛，狂风卷着烈火，那速度之快，一小时能刮30公里。

爷爷沿着山冈跑，磕磕绊绊，跌倒又爬起，爬起又跌倒，浓烟熏得他双眼难睁，他已从背后听到大片烈火的呼啸声，听到噼噼啪啪的林木炸裂声。

死神紧追着爷爷，死神已经触摸到了他的项背。正在千钧一发的时刻，从爷爷脚边蹿出来一只兔子！它跑得很慢，后腿顺地拖着。爷爷这才看出，这只兔子是让火烧伤了。

爷爷像见了亲人似的，喜出望外。爷爷一生在林中活动，知道野兽有辨别山火走势的能力，它们的这种本领比人要强得多，所以它们往往能逃离山火，使自己免于一死。它们只有在四面八方都被烈火严严包围的境况下，才会被烧死，而这种情形是很少很少的。

爷爷跟在兔子后头跑，他边跑边吓得哭叫："亲爱的，等等我，你别跑得太快了！"

兔子把爷爷带出了森林大火的魔掌。当爷爷和兔

子跑到湖边，他们两个都累得瘫倒在地了。爷爷抱起兔子，把它带回了家。兔子的后腿和肚腹都被火烧伤了。爷爷把它治好后，就留在了自己身边。

"是的，"爷爷深情地瞅了瞅茶壶，仿佛壶里装满了醇酒似的，"是的，亲爱的，我在兔子面前犯了罪。"

"你在兔子面前犯了什么罪呢？"

"你去看看兔子，看看那只救了我一命的兔子，你就全明白了。你打起手电筒去看看吧！"

我从桌子上拿起手电筒，走到草窝跟前。兔子沉睡着。我按亮手电筒，弯下腰端详兔子。这时，我看清了：兔子左耳朵是破的，分明是个枪眼。我这才恍然大悟——我什么都明白了！

黑猫说文

康·帕乌斯托夫斯基是一位有诗人气质的小说和散文作家，诗性和抒情性使他的作品独具艺术魅力，曾因此而获得诺贝尔文学奖提名。他的散文具有最强韧的艺术生命力，能持久地在世界各类读者中间广为流传。他的散文常被人放在旅行包里带来带去。

一个兔救人、人救兔的故事，扑朔迷离，层层揭示，直到最后才把奇迹的核心内容摊开，把老猎人对兔子的负疚原因说明白。这个老猎人的奇遇不是作家的虚构，而是一份珍贵的真实经历。正是故事的真实感才令我们读后久久不会忘怀。

说说看，为什么老猎人要把兔子养在自己身边？

没娘的小鸟

[苏联] 维·比安基

几个淘气的男孩捅遍了山鸟窝，把山鸟下的蛋都打碎了。一只只没睁眼的小鸟从蛋壳里露出来，光裸裸的小肉团，看着怪可怜的。

总共有六个蛋，淘气包们打碎了五个，只有一个没破。

我拿定主意要搭救这个还藏在蛋壳里的小生命。可我怎么做才能让小生灵得救呢？

哪个来孵这个蛋呢？

哪个来给小东西喂食呢？

我知道离这里不远的地方有一个柳莺的窝。它一共下了四个蛋。

不过，柳莺能接受这个没娘的可怜蛋吗？山鸟的

蛋整个都蓝莹莹的。它比柳莺蛋要大些，跟柳莺蛋模样很不一样。柳莺自己下的四个蛋是带玫瑰色的，上头布满了黑麻点儿。而且山鸟蛋已孵过许多日子了，小鸟很快就要出壳儿了，而柳莺蛋还得过二十天才能孵出来哩。

柳莺会抚养这没娘的小山鸟吗？

柳莺的窝做在白桦树上，不太高，我伸手就能够着。

我走到白桦树旁边那会儿，它刚好飞出窝去了。它在近旁一棵树的树枝上飞来飞去，苦苦哀叫着，好像是在那里求我别碰它的窝。

我把这蓝色的山鸟蛋放到柳莺的花蛋旁，然后走到一些小树后头去躲起来看。

柳莺好一会儿没有回来。不过后来它还是飞近了自己的窝，蹲到里头。看得出来，它总是疑疑惑惑的，可能觉得这个陌生的蓝蛋左看不像，右看也不像。那么，等小山鸟孵出来，柳莺会怎么对待它呢？

第二天早上，我走近白桦树去看，看到一张小鸟嘴

从窝的一边伸出来，窝的另一边拖出一条柳莺尾巴。

柳莺一直蹲着！

等它一飞出去，我马上就去看窝里的情况。里头有四只玫瑰色的鸟蛋，还有一只还没长毛、还没睁眼的小山鸟。

我又躲起来。不一会儿，我就看到柳莺飞回来了。它把嘴里叼着的一条大青虫喂进小山鸟的嘴里。

这时，我才放心了——柳莺已经收养没娘的小山鸟了。

我每天都到白桦树旁去看，每次都看到一条从窝里伸出来的柳莺尾巴。

柳莺既要忙着给小山鸟找吃的，又要孵自己的蛋，它的那股子忙碌劲儿，每次都叫我看着感动不已。

每回，我都是瞧一眼就走开，免得妨碍柳莺孵蛋和喂小鸟，这对它是顶顶要紧的大事啊。

到第七天早上，我再去看时，看不到小鸟嘴，也看不到大鸟尾巴。

我心里猛一咯噔："全完了！柳莺飞到别的地方

去做窝了。小山鸟得饿死了。"

幸好不是这样。活鲜鲜的小山鸟还蹲在窝里，它睡了，所以小脑袋没从窝里伸出来，也不张着嘴。看得出，它的肚子饱着呢。

它这些日子长得可快了。它长出的羽毛差不多把红彤彤的鸟蛋都遮蔽得瞧不见了。

我于是猜想，这山鸟为了感激自己的新妈妈，用自己的小身子温暖着四个没孵出的柳莺蛋呢。

事情正是这样。

柳莺给小山鸟喂小虫子，小山鸟替它孵小柳莺。我亲眼看见小山鸟一天天长大，直到它飞出窝。正好，它飞出窝那天，四只小柳莺从壳里钻出来了。

小山鸟飞开了，大柳莺自己来抚养四只小柳莺，养得好极了。

黑猫说文

这个故事是大自然文学作家比安基本人的一次难忘经历。柳莺帮助小山鸟，小山鸟帮助小柳莺，"我"又帮助小

山鸟的妈妈。只有怀着博大、仁爱之心的人，才会对一只小鸟的帮助也郑重其事、萦挂在心，当作一件大事来做。比安基正是这样一位胸怀博大的人。

说说看，比安基为什么担心柳莺会拒绝孵山鸟的蛋？

天鹅之死

[苏联] 维·比安基

　　四月中旬，冰封的湖面是一片暗褐的颜色。有的冰块裂开了，湖泊中央于是可见一个个的窟窿。解冻的湖水蓝宝石似的，在阳光下闪闪发光。无论什么时候，早上也好，白天也好，傍晚也好，一眼望去，总能见到成群的候鸟在解冻的水面上栖息、起飞。晚间，湖面上不断传来候鸟们喉音很重的叫唤声。

　　站在河岸上，我不难看清楚，这些候鸟是一些潜水鸟，有凫，有野鸭，有急于飞向遥远北方的奥列依长尾鸭。长尾鸭的羽毛黑白相间，长着箭一般的尖尾巴。其实，不用看它们的模样，晚上，只需听听它们的叫唤声，也能分辨出来，它们不像别的野鸭那样，嘎嘎地叫个不停。它们仿

佛要把一个名叫奥列侬的人从遥远的地方唤回来，嗓音总是那么洪亮、坚毅，一遍又一遍地叫着："啊，奥列侬，奥列侬，奥列侬！"

野鸭们是不会到冰窟窿旁边来这么叫的。它们在那里无事可做，湖水很深，它们从湖里取食时，只需把前半身插进水里去，用不着把整个身子都钻进水底。潜水鸭在水底也能为自己找到吃的东西。

这几天，在湖水上空，天鹅时常擦着云端飞过。它们的叫声欢快有力，能把春天其他的声音都盖住了。天鹅美妙的身姿，一看就会让人打心底里激起情感的波涛。

有的书上，把天鹅的叫声比作银质号筒吹奏出来的音乐。是的，天鹅的叫声确乎很像神秘的、神话里才有的大音喇叭的声音。

三天前的一个早晨，这银喇叭的声音突然闯入湖边人们的睡梦，把他们唤醒了。这声音似乎就在人们的小木屋的房顶上轰鸣。

我穿上衣服，跳下床，抓起望远镜向湖边跑去。

12 只仪表堂堂、优美可人的天鹅，庄重地扇动着宽大的翅膀，排成人字形，在湖岸上空飞翔。它们洁白的翅膀，在黑蒙蒙的树林背后升起的阳光里，闪射出银白色的光芒。

"看哪，银喇叭的比喻就是这么得来的！"

这群天鹅在盘旋下降，它们准是想落到湖面上来歇脚吧。

眨眼间，湖对岸黑压压的密林上空有一个罪恶的光点倏忽闪过，接着冒出一团白烟。

随后，轰隆的枪声传进了我的耳朵，我同时看到湖对岸一个矮小的猎人的身影。

毫无疑问，这是他向天鹅开的枪。这家伙打得很准，天鹅的队形散乱了，它们相互碰撞，歪歪斜斜地向高处飞去，有一只天鹅掉队了，它倾斜着身子，扇动一只翅膀，兜着圈子，向湖心跌落下去。

"你必须为这一枪付出巨大代价！"我想到这个偷猎者时，心里异常激愤。

但偷猎者已经转过身，一闪就在树林里消失了。

我们的法律禁猎天鹅。

打死这种美丽的鸟儿，法院是要重重罚他的款的。地球上辽阔的灌木林湖滩越来越少了，能让这些神话般的鸟儿躲开人的目光，蹲在用芦苇和绒毛构筑成的大窝里孵育它们的后代，该是多么好啊。要知道，天鹅是越来越少了呀。

被击中的天鹅跌落在冰窟窿里。它用伤势严重的翅膀拍打着水面，高高地昂起挺直的脖颈。

这是一只大天鹅，也叫黄嘴天鹅，是天鹅中最大的一种。它那轩昂略带野性的姿态，让人们很容易就把它和非常美丽的无声天鹅——世界各城市公园里的仿真装饰品区别开来。无声天鹅停在水面上时，双翅的背像小丘似的隆起，它们的头颈始终保持弯曲的样子。大天鹅和它们不一样，它把一对翅膀紧贴在身上，高傲地抬起头来，脖子能抬多高就抬多高。

我找到了大天鹅的同伴，它们在湖泊尽头上空飞行。它们又排成人字形，悠缓而有节奏地扇动着沉重的翅膀，镇定地从高空飞离险境。

　　就在这时，停留在冰窟窿里那只被打伤的天鹅叫了起来。

　　"克林格——克溜——呜！"孤凄无依的天鹅，用高亢而略带嘶哑的声音哀鸣着。在它哀鸣的声调里流露出痛楚——那是它绝望的哀鸣。哦，那忧伤，那绝望，听一声，心就碎了！

　　"克林格——克林格——克林格——克溜——呜！"从远方传来伙伴们的回答。

　　"克林格——克溜——呜！"受伤的天鹅绝望地叫唤着。

　　飞翔的天鹅们掉转头来。它们兜了一个大圈，排成直行，降低高度，收敛翅膀，飞落下来。

　　受伤的天鹅不叫了。

　　我在望远镜里能清楚地看到，天鹅一只接一只飞到水面上，它们溅起两道水花，借着身子的冲力在水面上往前浮动。不久，天上、水面的天鹅都会合到一起。于是，就再也分辨不出哪只是负伤的天鹅了。

　　要知道，天鹅像其他的浅水鸭一样，在深水区是

不能得到食物的。它们像鸭子一样把长长的脖子伸进水里，在浅水滩上寻找食物。

过了两小时光景，天鹅终于又从湖面飞起，它们张开翅膀，又排成人字形队伍，继续往便于它们做窝的北方飞去。

受伤的天鹅又发出凄厉的鸣叫声。

它叫得那么悲凉啊！它一定是知道自己的命运了。它知道自己注定要饿死了。

"哦，奥列依，奥列依，奥列依！"

一群群鸟儿飞离湖面，向北，向便于它们做窝安家的北方去。

据说，天鹅临死前是要唱歌的。但那是歌吗？那银亮的号筒吹奏出来的哀伤，谁听了，心都会发颤的。

我想要救这只受伤的天鹅。我请渔人帮忙，但渔人们听了直摇头：谁也不能把船拖到冰窟窿里，就是站到已经裂开的冰块上，也是非常危险的事。

受伤的天鹅在冰窟窿中间，来回游动着，它也没有力气向覆盖着冰块的湖岸游来。我再也不忍看下去。

当我转过身迈步离开的时候，一路上，那撕心裂肺的、忧伤的、像喇叭一样嘹亮的叫声，久久萦回在我的心间。

两天过去，天鹅没有再叫了。它的踪影在冰窟窿上消失了。

在冰窟窿的边沿有一大块鲜红的血斑。从树林到冰块上印着淡淡的狐狸的脚印。

也许是，大天鹅在夜间爬上了冰块。它想去岸边浅滩处栖息，结果却落入了狐狸的利爪——准是这样的吧。

天鹅消失了，从冰窟窿那边又传来长尾鸭响亮的叫唤声。

"哦，奥列依，奥列依，奥列依！"

一群群鸟儿飞离湖面，向北，向便于它们做窝安家的北方飞去。

杀害美丽的天鹅是不能不付出代价的：那个偷猎天鹅的家伙，被武装护林队逮住，送进法院去了。

黑猫说文

在天鹅栖息地响起的偷猎枪声，那里冰面上的血迹，震颤着大自然文学的伟大作家比安基的灵魂。"那撕心裂肺的、忧伤的、像喇叭一样嘹亮的叫声，久久萦回在我的心间。"萦回在作家心间的叫声，也一定会萦回在我们的心间。作家在记述这个事件的发生过程时，控诉的心情一定是很沉重的。我们读着这样的故事，就总会有一种行动的激情：总想去为天鹅、为珍稀鸟类的生存和繁衍做点什么。

朗诵自"受伤的天鹅在冰窟窿中间"到"哦，奥列依，奥列依，奥列依"。

小卡佳和天鹅蛋

[苏联] 雅鲁什尼科夫

爸爸、妈妈和爷爷骑上摩托车去赶集，把小卡佳也带了去。

小卡佳第一次来到集市上，什么都觉着新鲜，她东瞅瞅西瞧瞧。当她看到一个白生生的蛋，大得出奇，就喜欢得连身子都微微哆嗦起来，再也不肯往前走动一步了。

"买去吧，小姑娘。瞧，多好看！"一个戴草帽的男人把蛋递给了小卡佳。

小卡佳捧过蛋，拿到鼻子底下闻起来。蛋有一股清新味儿。她怎么也不肯再还给戴草帽的人了。

"是天鹅蛋哪！"那男人继续诱惑着女孩。

这时爷爷气冲冲地说话了："你这个人，可真作

孽！毁了一个天鹅窝不说，还来这里哄孩子。"

"上天有眼，我可没有毁天鹅窝。"卖蛋人说，"这是捡的。我老婆还生我的气，说是要把我赶出家门。我保证了，今后再不捡天鹅蛋了。"

"好妈妈，好爷爷，好爸爸！"小卡佳请求说，"咱们买走这个可爱的蛋吧！别的我什么都不要了！"

妈妈虽然生气，却还是付了钱，买了蛋。回家时，小姑娘一路轻柔地抚摸着蛋，看着，闻着，甜甜地微笑着。

小姑娘把这蛋倒是捧回家来了，可如今拿它怎么办呢？还是奶奶先想出了好主意：鹅妈妈正在凳子底下草窝里孵蛋哩，一起孵就是了。奶奶把天鹅蛋塞到了鹅妈妈肚子底下。

"只要没冻坏，就能孵出来。"奶奶说，"孵出天鹅，咱们就把它放掉。"

小卡佳想鹅妈妈快快孵出一只小天鹅来。她一天去问奶奶好几次。每天晚上睡前都要对家里所有人说："要是小天鹅忽然孵出来，你们就叫醒我。"

154

有一天早上，奶奶叫醒小卡佳，把她抱到炉台前。这里，大筛子上有一团灰不溜秋的东西在那里咻咻咻不停地叫唤。它要站起来，结果摇晃了几下，笨拙地歪倒在筛子边上了，于是伸着脖子直着声儿咻咻咻咻地叫。

"瞧，它就是你的小天鹅，它头一个出来！"

小卡佳脸上漾满了笑。

"奶奶，我可以拿它玩儿吗？"

"玩什么！它还小哩，还不会站呢……再说天鹅可不是拿来玩的，小孙女。它可不是供人玩儿的鸟。它长大以后，个儿挺大，白生生的。"

"就像白蛋那样白吗？"

"像一团雪。"

不过奶奶还是把小天鹅搁到小卡佳手上，让她捧了捧。

过了两天，这筛子上站着十一只小鹅。

鹅妈妈觉得累了，但感到很幸福，轻轻地同鹅爸爸说着话。鹅爸爸对小天鹅看了又看，左右直端详。它认下了这孩子，亲热地嘎嘎叫着。

从这天起，小卡佳成了"牧鹅小姑娘"。她由奶奶帮着第一次把鹅群赶到水草塘里去。小卡佳手里拿根竿儿，赶着咻咻咻咻叫个不停的鹅群。小鹅们笨拙地跑着，跑进了水里。小卡佳这才不担心小鹅们会遭猫抓了去。

小天鹅跟小鹅没有多少不同的地方。小天鹅只是大些，灵活些。小卡佳给鹅们喂面包屑，头一把总是先抓给小天鹅。小卡佳讲故事，头一个也总是对小天鹅讲。

夏天很快过去。草莓熟了，野果全都灌满了浆，麦子长高了，小鹅们和小天鹅也一同长大了。现在，小卡佳一走开，小天鹅就会扑闪翅膀追过来。小天鹅用一只翅膀在地上撑一下就能飞一程路了。每到它飞的时候，小卡佳就追着喊："飞呀！远远地飞呀！"

小天鹅会飞了，飞得一天比一天高了，飞得一天比一天远了。小卡佳也伸开双手跑着，想学小天鹅飞，想像小天鹅般骄傲地、稳健地在高空中用惊喜的目光俯视大地。

小鹅的翅膀都硬健了，飞到远处去吃燕麦了，一

吃几个钟头不回来，急得小卡佳都哭了。奶奶告诉她，小鹅这会儿毛还没有长丰满，还飞不远，等刮起了北风，鹅和大雁就要成群地往南飞，飞到温暖的地方去，这时就得把翅膀的羽毛剪掉一截，那样鹅群就飞不走了。

麦子刚收完，就刮起了北风。奶奶就将鹅翅膀剪去一截。于是，就只有天鹅还能腾空而飞了。

"奶奶，你忘了剪天鹅的翅膀。"

"它要飞走，就让它飞走吧。"

奶奶的话，叫小卡佳大吃一惊。小姑娘明白奶奶为什么要放掉天鹅，可心里就是舍不得。她哭了。

有一天，小卡佳醒来得很迟，她在窗口看到外面下过雪了。

冬天到了。

奶奶蹲在小孙女身旁，她低下灰白的头，说："小卡佳，你醒来得好晚呐！"

小卡佳细声地说："奶奶，天鹅飞走了吗？它现在该在哪儿啦？"

"很远很远，在海洋上空飞着吧。"

小卡佳想象着那浩瀚的海洋，她看到了温暖的大海，汹涌着湛蓝湛蓝的波涛，船舰从地平线上驶出来。在高高的、高高的蓝天上，她看到了一只白天鹅。它从高空瞰望南方的岛屿，南方的人们，南方绿油油的田野。

"克令克——克令克！克令克——克令克！"

小卡佳觉得好像天鹅正跟她说话哩："谢谢你，卡佳小姑娘！别难过！明年春天，我会回到故乡来的！"

黑猫说文

这个现实境域里生成的故事格外真切，通篇氤氲着亲切感。在这样一种和谐气氛中，天鹅当然可以成为自由的精灵。天鹅是很容易遭受不幸的鸟，但也是最受人类关爱的鸟。天鹅蛋被揽入小卡佳的爱心后，它最终得以变成天鹅欢乐地鸣叫在蓝天上。故事里说天鹅要感谢小姑娘，其实小姑娘也应该感谢天鹅的——小姑娘心中珍藏着一份对远方天鹅的思念，她的胸怀才更丰富多彩、更辽阔广大。

说说小姑娘与小天鹅相互亲爱的感情。

孩子们和野鸭子

[苏联] 普里什文

　　一只矮小的母野鸭终于拿定主意，把自己的小鸭子从林子里带出来。春天，湖水涨起来，涨得四周的斜坡地都淹上了，野鸭子们原来做窝的地方都泡了水，于是不得不远远地走四公里路，到沼泽林间的小土墩上去做窝栖身。现在，水退了，它们又远远地走上四公里，绕过村庄，下到湖里来。

　　这湖，才是它们的自由天地啊！

　　母野鸭时时刻刻护着它的小鸭子，只要到了人、狐狸、老鹰容易看到它们的地方，它总是走在小鸭子的后面。它们不得不穿过一条横在它们面前的大路时，不用说，母鸭得让小鸭子跑在前面，自己好在后面照管它们，以便让它们安全地穿过大路。

就在这时，野鸭子们让一群村童发现了。他们摘下帽子来扑罩野鸭。这下，鸭妈妈可慌了，它张开它的阔嘴巴，紧张地跟在小鸭子后面跑；它张开翅膀在近处飞，一会儿飞到这边，一会儿飞到那边，不知道怎样去把自己的小鸭子夺回来。正当孩子们扔帽子扑罩大鸭子和小鸭子、想要捉住它们的时候，我走到了。

"你们抓小野鸭做什么？"我声色严厉地问。

他们停住了手，低声回答说："我们会放掉它们的。"

"既然要放掉，"我十分生气地说，"那干吗抓它们？这会儿母鸭在哪儿？"

"在那边蹲着哩！"孩子们七嘴八舌回答说。

我顺着他们指的方向看，在不远处的一个小土丘上，母鸭真的蹲在那儿，紧张地张开嘴，注视着。

"快！"我命令孩子们，"快把小鸭子都还给它们的妈妈！"

他们好像很不乐意按我的命令去做。不过他们还是抱着小鸭子，跑上了小土丘，放下了小鸭子。鸭子

妈妈飞着后退了几步，可孩子们一回身走开，它就赶快飞跑过去救护自己的儿女了。它对自己的孩子用鸭话很快地说了几句，就跑进燕麦地里去了，跟着它跑进燕麦地的有五只小鸭子。野鸭子一家就这样沿着燕麦地绕过村庄，继续下坡往湖里走。

我欣慰地摘下帽子，向野鸭子一家挥动着，边挥动边大声说：

"小鸭子们，祝你们一路平安！"

孩子们看着我的举动，听着我说的话，都叽里呱啦笑话我。

"小蠢货，你们笑什么？"我没好气地说，"你们想，它们走这么远的路，从那边高墩子上下到湖这里来，容易吗？马上给我摘下帽子，对鸭子们说再见！"

孩子们在路上扑罩小鸭子时弄得脏兮兮的帽子，这下全都举到了头上，并且同声叫道：

"小鸭子们，再见！"

黑猫说文

普里什文的诗体随笔作品，是审美教育、道德教育和知识教育极好的教科书。

普里什文的故事和特写都不是虚构的。它们能使孩子们诗意地了解和理解大自然的真实内涵，能启迪孩子们去做正直、善良、团结、友爱、机智、勇敢的人，做善于思考的人。

脱帽向鸭子道别，这是说人在这个时候应该向鸭子表达一种感情和意思，什么感情，什么意思呢？

凤头麦鸡（一个老护林员讲的故事）

[苏联] 普里什文

每到春天，仙鹤就飞来了。

我们正拾掇犁耙，准备春耕。我们这一带有个不成文的老规矩：仙鹤飞来十二天后，动手春耕。

一场春雨过后，我们就着手犁地了。

我们的地在一个湖边，通身白亮的鸥鸟看见我们来，就都飞走了。白颈鸦、寒鸦成群飞来，在我们身后的犁沟里吃犁铧翻出来的虫子。它们悠闲地跟在我们后面，白颈鸦在的地方一片白，寒鸦在的地方一片黑。只有凤头麦鸡不落地，它们在我头顶飞着，叫着，样子很是不安。母凤头麦鸡早已蹲窝孵蛋去了。

"它们的窝该就在不远的地方。"我想。

"是谁让您来的？是谁让您来的？"凤头麦鸡叫着。

"我嘛，"我回答说，"我是我自己要来的，那么你是谁让你来的？去年在哪儿过，你在温暖的地方找到了什么？"

我这样跟凤头麦鸡说着话呢，忽然，马不照直走，把犁拉到一旁去了：犁铧从犁沟里跳出来。我瞅了瞅马走歪了的地方，看见凤头麦鸡就蹲在马要走的犁路上。我对马呵斥了一声，叫它别乱走。凤头麦鸡飞开了，它飞起的地方显露出了四个蛋。我仔细一看，窝已经散乱得不成形了，幸好还只是被犁铧挂带了一下，但是蛋已经滚出窝来——像搁在桌面上似的，一清二楚。

我为挂破凤头麦鸡的窝感到万分抱歉。我提起犁把，绕开了蛋，一点没碰着它们。

回家后，我把凤头麦鸡蛋的事一五一十说给孩子们听：我犁着地，忽然马岔开了犁路，这时看见了一个窝，窝边有四个蛋。

妻子说："那将来还能看到小凤头麦鸡哩！"

"等着瞧吧，"我说，"咱们播下燕麦，在燕麦地里就能见到它们了。"

　　我很快就去播了燕麦。妻子随后把地耙了一遍。当我走到凤头麦鸡的窝边，就站下来，对妻子招了一下手。她把马勒住，向我走来。

　　"瞧，"我说，"你好好瞧瞧，怪讨人喜欢的哩。"

　　妻子的慈母心肠一下流露出来，她先是万分惊奇，接着就心酸起来——这蛋就这么没谁来疼爱！她让马绕开这些蛋，继续耙地。

　　这块地，我一半种了燕麦，一半留着种马铃薯。燕麦播下后，过了好些日子，我和妻子到原来发现凤头麦鸡的地方去看——那里什么也没有了。那就是说，麦鸡蛋已经孵出了小凤头麦鸡。

　　我和妻子种马铃薯的那天，带上了我家的小狗卡多什卡。这狗太调皮，净捣蛋，在运河对岸草地上不停地欢跑，我也没有去管它。妻子坐着，我犁着地。蓦地，听见小麦鸡嘶声地叽叽大叫。我朝声音传来的方向一望，是卡多什卡这淘气家伙在草地上追逐四只小凤头麦鸡——它们通身一色的灰，腿细长细长的，凤头已经长出来了，几乎跟大凤头麦鸡没多少两样了，就是还不会飞。它们撒开两条细溜溜的腿拼命逃啊，不让卡多什卡追上它们。妻子看着，觉得情形不妙，立即大声对我说：

"这可是我们的孩子啊！"

我喝住卡多什卡。它不听，照样追它的。

小凤头麦鸡们跑到河边，再没处跑了。"不好，"我想，"要被卡多什卡逮住了！"

可凤头麦鸡扑通扑通跳进了水里，它们不浮游，而是踩着水面飞跑。呵呵，那个麻利啊！细腿儿哧哧哧哧——不多一会儿就踩过运河对岸去了。

是水还冷呢，还是卡多什卡到底还小、还不灵活呢？反正是，小狗在河边站住了，不再追了。卡多什卡正寻思着该怎么办的时候，我和我妻子赶到了它身边，把它喊了回来。

黑猫说文

善跑而不会飞的凤头麦鸡，幸巧遇上的是这样一对纯朴、慈善的农人夫妇，他们忙着犁地播种，却不失时机地

关照着前来求食的凤头麦鸡们——他们把这些可爱的生灵看作是自己的朋友和自己的孩子。狗的出现使故事紧张起来，却也让我们看到，弱小的凤头麦鸡竟还有如此出人意料的逃生本领！

说说凤头麦鸡是怎样摆脱狗的追逐的。

白脖予熊

［苏联］普里什文

　　早些年，在西伯利亚，在靠近贝加尔湖的一个地方，我曾听人讲过一个关于熊的故事。说实在的，我倒并不信这会是真事情，不过，这个讲故事的人说得非常肯定，还说这故事甚至还在西伯利亚的一份杂志上刊登过，这就由不得我不信了。

　　有一个守林的老头儿，住在贝加尔湖边上。平时，他捕捕鱼，打打松鼠什么的。有一次，他往窗外眺望，冷不丁看到一头大狗熊向他的小木屋没命奔逃过来，一群狼在它屁股后头紧追不放。

　　熊眼看着就完了……

　　但是这头大熊的头脑可灵活哩，它闯进了小木屋的外间，它一进来，门就咚一声自动关上了。它这还

不放心，还拼命地用后腿和身体紧紧抵住柴门。

老头儿明白了眼前发生的是怎么一回事，就从墙上取下他的猎枪，说：

"米沙①，米沙，顶住门！"

狼群扑过来，扑到门上。老头儿就从小窗口对着狼群瞄准，边瞄准边说：

"米沙，米沙，牢牢顶住门！"

他就这样打死了扑过来的第一只狼，第二只狼，第三只狼。他一面放着枪，一面对熊说：

"米沙，米沙，牢牢顶住门！"

第三只狼一倒下，狼群就哗啦啦四散奔逃了。

熊就留在小木屋里，整个冬天都在老猎人保护下度过。开春，森林里的熊都从自己的洞穴里出来了，老猎人这才给这头在他家住了一冬的熊脖颈上拴个白圈。他跟所有的猎人都打了招呼，让他们别打这头脖子拴着白圈的熊，因为，这头熊是他的朋友。

---

①注：米沙，俄罗斯人通常称熊为"米沙"。

黑猫说文

这是用真人真事写成的故事。个头魁梧的熊被狼群追逐得狼狈不堪，它走投无路，竟去向老猎人求救。老猎人一出场，熊的困局立刻发生了喜剧性变化，它不仅得救了，还成了猎人的朋友。

这个故事很短，你读过后不妨讲给别人听。

紫燕的窝

〔苏联〕韦里卡

5月28日

在邻居家小房子的屋檐下，就在我的房间的正对面，有一对紫燕忙着做窝。这让我很开心。这下我可以亲眼看见燕子是怎么样筑它们的小圆房子了。我可以看见它们做窝的全过程了，从开工到完工，我都能看个清楚了。它们什么时候孵蛋，怎么样喂小紫燕，我也都可以知道了。

我观察可爱的燕子，看它们都飞到什么地方去叼建筑材料。原来，它们飞去寻找材料的地方，就是村庄的小河边。它们飞到小河边，落在紧挨水边的河岸，用小嘴挖起一小点儿河泥，随后马上衔着飞回它的建房处。它们在这里轮流换班，把泥一点一点粘在屋檐

下的墙上，把一点泥粘上后，又匆匆去衔。

5月29日

不好。这个新建筑工程不只是我一个人看了高兴，光顾它的还有隔壁家的一只叫费多赛齐的大公猫。它今天一大清早爬上了房顶。这个灰毛流浪汉挺野蛮的，它跟别的猫打架时，右眼都打没了，浑身的毛都撮成一片一片的，还挂下来。

它的双眼直勾勾盯着飞来的燕子，而且已经向檐下偷窥了不止一次，看窝都做成什么样了。

燕子倒挺沉得住气的，它们没有惊叫。猫待在房顶不走，它们就停下工来，做窝的工作就暂时不进行了。莫非，它们是要离开这里，再也不回来了吗？

6月3日

燕子做好了窝的基础部分，形状像一把贴在房顶的镰刀。大公猫常爬上房顶吓唬它们，妨碍它们的筑窝进程。今天午后，燕子根本没有飞来。看来，它们是决意要放弃这个工程了。它们会在别处找到一个比这儿安全的地方。要是那样，我可就看不到它们筑窝

了呀！

够闹心的！真够闹心的！

6月19日

这些日子，天气一直很热。房檐下那个用河边的黑泥粘成的窝基干了，颜色变灰了。

燕子一次也没有来。

天空乌云密布，下起白花花的大雨。这雨真叫大，哗哗哗的，可厉害！窗外像是垂下一片用玻璃条条编成的帘子。

雨水在街上淌成一条条小河，急急地奔流。小河泛滥了，在哪一条街上都不能涉水走过了。水疯淌着，哗啦哗啦，小河带来了许多稀泥，你一踩，能没到你膝盖。

这雨一直下，一直下，到黄昏时才停。

一只紫燕飞到房檐下来了。它落到它镰刀形的窝上，紧贴墙，站在那里，过一阵，就飞走了。

我寻思："这燕子，该不是被公猫吓走的，只不过是它们这几天没有找到合适做窝的湿泥？也许它们终究还会回来的吧？"

6月20日

飞来了！

飞来了！

还不止一对呢，而是一群！它们在房顶上一圈又一圈地盘旋，一边看着房檐下，一边激动地叫着，好像在争论什么。

它们在商量什么呢？

过了十来分钟，除了一只燕子，其他的一下子都飞走了。这只燕子用爪子抓住镰刀形的窝基，待着一动不动，它用嘴巴修理那个窝基，可能是把它那黏黏的涎水涂在窝基上。

我相信，这紫燕是母的，是这个窝的女当家。过了一会儿，公燕飞来了，它嘴对嘴递给母燕一团泥。母燕子继续做窝，公燕子又飞去衔泥了。

大公猫又来了，它又爬上了房顶。可是燕子不怕它了，也不吭声，只顾自己干活，一直干到天黑。

这就意味着，我终将看见一个燕子窝了！但愿大

公猫的爪子不要够到燕子的窝！不过，燕子自己也该知道把窝做在什么地方吧。

6月25日

我每天都看着紫燕夫妇进进出出，看它们忙忙碌碌地做窝。它们的窝一天天往上升高，往外扩大。它们总是一大清早就开始忙乎，近午时分稍事休息，下午把上午筑的窝进行加固，修补，直到日落前一两个钟头才收工。它们不停地往湿窝上粘泥是粘不住的，得让湿泥干一干，再接着往上粘才好。

偶尔，别的燕子也过来参观。要是公猫费多赛齐不在房顶上，小客人就在横梁上逗留一阵，和和气气地叽叽喳喳聊聊家常。新建窝巢的主人，也不会撵客人离开的。

现在，窝已经像下弦月的样子了，就是其中一个尖角偏右的船形月亮的样子。

我很明白紫燕为什么要把自己的新房建成这个样子，为什么左右两边不是同时均匀地往上提升。因为窝是公燕与母燕一同出力、下功夫建筑的，而它们俩

出的气力却不尽相同。母燕衔泥飞回时，头总往左边扭，它干活很下劲，飞出去衔泥的次数也比公燕要多得多，所以左边粘上去的泥自然要多些，窝墙也就高些。公燕飞出去，就几个钟头待在外头。它一定是跟别的燕子在云霄间追逐嬉戏。它衔回泥来，头总往窝的右边歪。它干活这样拖拖沓沓，自然右边的窝墙要低矮一截了。就这样，燕子窝的左右两边总不一般高。

公燕就这么懒！它也不晓得懒惰可是羞耻的啊！它的体格比母燕还强健些哩。

6月28日

燕子已经不衔泥、不筑窝了。它们开始往窝里叼干草，衔绒毛，着手铺床垫子了。我万想不到，它们把全部建筑工程估计得这么精细、周密，现在我才恍然大悟，原来，本就该让窝的一边比另一边高一些的！母燕堆垒的左边已经到顶了，公燕堆垒的右边总还离屋檐顶有个距离。这样，这窝就成了一侧高一侧矮的圆泥球，自然而然在右边留了个进出口。

出入的门户本当留好的，窝本来就应当做成这个

样子的嘛！要不然，这对紫燕夫妇可从哪儿进出自己的家呢？这不明摆着的，是我骂公燕懒惰骂错了。

今天是母紫燕头一次留在家里过夜。

6月30日

建窝的工程完工了。母燕就一直待在窝里，不出门了——准是下第一个蛋了。公燕不仅给母燕衔来些小虫子什么的，还不住声地唱啊，唱啊，叽叽喳喳，叽叽喳喳，向自己的妻子说着祝贺的话，开心个没完。

一群燕子飞来了。它们是第一批前来贺喜的。它们一只一只鱼贯地从燕窝的侧旁飞过，往小窝里张望一眼，在窝前拍拍翅膀。这时女主人的小脸儿正探出窝外，说不定，它们是一个接一个亲吻幸福的新妈妈。它们热热闹闹地贺过喜，就飞开了。

公猫费多赛齐对燕子窝的小生命觊觎已久。它常爬到屋顶上来，从横梁上往屋檐下方窥望。它是不是在急不可耐地等待小燕子出世呢？

7月13日

燕子妈妈已经在窝里一连坐了两个星期的月子

了。它只在晌午时分，在一天中最暖和的时刻飞出来一小会儿。那时暖和的天气是不会让娇嫩的蛋受凉的。它在屋顶上方打几个旋，顺便捉几只苍蝇吃，然后飞到池塘边，贴着水面飞掠，用嘴蘸点儿水喝，喝够了，就又急急忙忙回到窝里去。

可是今天，公燕也好，母燕也好，夫妇俩时进时出，比平时忙碌多了。我注意到，公燕衔出一块白色的蛋壳，母燕衔来一条小虫子。不用说，窝里已经有了小燕子了。

7月20日

坏了，坏事儿了！公猫费多赛齐爬上了房顶，几乎把整个身子从横梁上倒挂下来，想伸爪子往窝里掏小燕子！窝里的小燕子啾啾、啾啾地叫，叫得好让人揪心哪。

就在这节骨眼儿上，忽然不知从哪儿飞来一大群燕子，大声叽叽叫着，急匆匆飞着，大伙儿冲上去，几乎要撞击到费多赛齐的脸上了。噢呵！一只燕子险些被猫抓住了！噢呵！猫向另一只燕子扑去了……

好啊！这个灰毛强盗，这个费多赛齐，扑了个空，脚一滑，扑通一声，从横梁上摔了下来！

摔倒是没摔死，可这也够它受了。它喵呜叫了一声，瘸着，颠着三只脚，走了。看来，它这一跤摔得不轻。

活该！它今后是不敢再来掏燕窝了。

黑猫说文

燕子从远方飞来，带了阳光来，带了春天来，带了温暖来，带了生机来，带了喜气来，带了热闹来，可是公猫却把小燕子当作是它可以攫取的美餐。站在公猫的立场上说，小燕子就是一小团嫩肉，然而人们却对燕子怀有特殊的亲缘感，所以欢迎燕子的到来，乐见燕子小家庭的温暖亲情。站在人的立场上看，公猫就是个孽障。故事在描述中处处贯穿着作者对燕子一家的同情和祝福，自然就对公猫的野蛮侵犯怀有强烈的憎恶感，所以它因偷袭雏燕而摔伤时，作者就说："活该！"

说说燕子一点一点衔泥垒窝，容易吗？